Das Leben ist ganz anders

Gerhard Pietsch

Das Leben ist ganz anders

Erzählungen

Bibliografische Information der Deutschen Nationalbibliothek:
Die Deutsche Nationalbibliothek verzeichnet diese Publikation in der
Deutschen Nationalbibliografie;
detaillierte bibliografische Daten sind im Internet über
http://dnb.d-nb.de abrufbar.

© 2013 Gerhard Pietsch

Titelbild: Hermann Hesse ECA 030 – Dorfweg im Tessin 1922.
Der Abdruck erfolgt mit freundlicher Genehmigung des Herrmann-
Hesse-Editionsarchives Volker Michels, Offenbach/Main

Satz, Umschlaggestaltung, Herstellung und Verlag:
BoD – Books on Demand
ISBN: 978-3-7322-2688-7

Inhalt

Vorwort		7
1.	Unsere Mutter	9
2.	Unser Leben im Dorf	30
3.	Meine Lehrjahre	49
4.	Die Notlüge	73
5.	Urlaub am Ammersee	80
6.	Zinnfiguren	87
7.	Falsche Verbindungen	93
8.	Die Zeit des Ruhestandes	99
9.	Leuteschinder	105
10.	Picknick im Krankenzimmer	110
11.	Hosenscheißer	114

Vorwort

Ich weiß, dass es schwer ist, als unbekannter Autor an Leser zu kommen. Ich habe entsprechende Erfahrungen mit meinen bisherigen Büchern gemacht. Dennoch schreibe ich weiter, weil ich auf diese interessante Arbeit nicht verzichten kann. Was ich schreiben soll, erfahre ich meist, wenn ich gut aufgeräumt bin, aber noch nichts Klares im Kopf habe. Manchmal denke ich, jetzt ist der Brunnen leer; doch dem ist nicht so.

Es geht mir bei den folgenden Geschichten natürlich hauptsächlich um die erste. Unsere Mutter war eine schlichte Frau und doch eine Persönlichkeit. Ich möchte hier unter anderem über ihren Lebenskampf in den schweren Jahren von 1913 bis 1935 berichten. Abgesehen von den ersten Jahren dieser zwei Jahrzehnte musste sie alle Sorgen und Nöte mit uns vier Kindern alleine bewältigen.

Keine der Geschichten entbehrt des Wahrheitsgehaltes. Sie sind von schlichter Ausdrucksweise und daher meines Erachtens von Jung und Alt mit Vergnügen zu lesen.

Übrigens, die letzte Geschichte, die Ihnen vom Titel her vielleicht etwas ordinär erscheinen könnte, steht mit dem Buchtitel in keiner Beziehung.

1. Unsere Mutter

Es geht wohl allen Menschen im fortgeschrittenen Alter so, dass sie sich mitunter an ihre Kinder- und Jugendjahre erinnern, wozu es meist ganz unvermittelt Anstöße gibt. Führen mich meine Erinnerungen in die Zeit meiner Kindheit und Jugend zurück, ist meine Mutter oft der Mittelpunkt. Dabei wird mir immer deutlich, wie groß ihr Einfluss auf mein späteres Leben war. Insbesondere bei wichtigen persönlichen Entscheidungen war sie im Geiste dabei. Aus meiner Sicht hat sie ihre Lebensaufgabe, zur damaligen Zeit vier Kinder allein zu erziehen, menschlich bewundernswert gelöst.

Unsere Sohländer Großmutter Köhler gebar acht Kinder, vier Mädchen und vier Jungen. Das erste Kind wurde 1888 geboren, es war unsere Mutter; sie hieß Ernestine. Das letzte kam 16 Jahre später zur Welt, es war Tante Mariechen. Ernestine war ein anstelliges Kind, dem schon bald die Aufgabe zufiel, die kleineren Geschwister Anna, Erich und Mariechen zu betreuen. Das war wohl zu jener Zeit in anderen großen Familien auch so. Eigentlich war es schon mehr eine Erziehungsaufgabe, denn Ernestines ausgeglichene Art übertrug sich auch auf die Geschwister.

Mutters Vater war ein fleißiger Weber, er war vorbildlich in seinem Beruf und gönnte sich keine Ruhe. Die größeren Kinder wurden schon früh vom Vater mit dem Weben kleiner Webstücke vertraut gemacht. Sie hatten aber auch die beiden Ziegen sowie die Gänse und die

Hühner zu versorgen. Darauf musste sich die Großmutter verlassen können. War mal eines der Kinder krank, was natürlich immer mal vorkam, vertrauten sie auf Gottes Hilfe.

Großmutter und Großvater scheuten keine Mühe, um ihre Kinder so gut wie möglich unter den damaligen schwierigen Lebensumständen zu versorgen. Die Zunft der Weber war seit Langem einem schweren Lebenskampf ausgesetzt, insbesondere durch die Verbreitung von Webfabriken, was damals viele Heimweber zur Aufgabe zwang. Von Großmutter selbst weiß ich, dass Großvater Kommissär der Sohländer Weberinnung war und seine Leinwandmuster mit dem Schubkarren von Sohland nach Leipzig zur dortigen Fachmesse karrte, was heute fast unglaublich erscheint. Das bedeutete, dass er eine Strecke von mindestens 150 Kilometern zwei Mal zu Fuß zurückzulegen hatte, und dies oft barfuß auf ausgefahrenen Straßen, weil das Besohlen der Schuhe Geld kostete. Er musste beide Touren in wenigen Tagen schaffen. Zu einigen Fachmessen wurde er von dem jungen Weber Martin begleitet, der mit dem Geschäftsgebaren nach und nach vertraut gemacht werden sollte. Von Opas erreichtem Verhandlungsergebnis hing für die Existenz der Sohländer Weber viel ab. Einerseits durften die Verkaufspreise für die einzelnen Sorten nicht zu niedrig sein, andererseits musste aber der Absatz der Ware gewährleistet werden. Nach dem Besuch der Messe hatten der Opa und sein Adlatus vor der Weberversammlung Bericht zu erstatten. Wenn allgemeine Zufriedenheit bestand, wurde die Sitzung mit einem Korn beendet.

Wir Schmöllner Enkelkinder haben unseren Großvater

nicht gekannt. Er verstarb schon 1913 im Alter von 48 Jahren. Er hinterließ seine Frau und die acht Kinder.

Wir besuchten unsere Sohländer Großmutter jedes Jahr für zwei Wochen während der Sommerferien. Großmutter war nur ein einziges Mal bei uns in Schmölln zu Besuch. Die Tage in Sohland waren mit dem Leben in unserem Heimatdorf nicht zu vergleichen. Wir fühlten uns dort freier als in der engen und primitiven Mietwohnung in Schmölln. Die Großmutter war zwar in mancher Hinsicht streng, aber sie hatte auch Verständnis für unsere Wünsche. Alle ihre vielen Enkel kamen gern zu ihr.

Bei unseren Besuchen wurden wir zum Schlafen im Haus verteilt. Meinen Schlafplatz hatte ich immer in der Wohnung von Tante Anna im Obergeschoss. Sie hatte keinen Mann, aber trotzdem einen Sohn im Alter meines Bruders Walter, was wir Kinder uns damals nicht erklären konnten.

Zum gemeinsamen Frühstück an dem großen Tisch in der Wohnstube gab es täglich nur Mehlsuppe, von der wir anfangs nicht besonders begeistert waren. Ich mochte die kleinen Mehlklümpchen in der Suppe nicht. Wenn wir sie uns aber mit Zucker versüßten und Brot einbrockten, schmeckte sie uns sogar gut. Jeder hatte seine Suppe aufzuessen, erst dann wurde aufgestanden. Das galt natürlich für alle Mahlzeiten.

Die Webstühle, mit denen Großmutter und Großvater früher gutes Leinenzeug webten, standen zu dieser Zeit verstaubt auf dem Dachboden. Einen davon hat uns Großmutter einmal vorgeführt. Jahrzehnte hatten sie der großen Familie zum Broterwerb gedient. Den größeren Kindern Gustav und Anna hatte der Großvater das Weben an dem kleinen der drei Webstühle beigebracht. Wenn es nötig war, mussten sie sogar für kleineres Webzeug einspringen. Es kam sogar manchmal vor, dass sie dem Schulunterricht fernbleiben mussten, wofür die Lehrer aber allgemein Verständnis hatten.

Zwischen Mutter und Großmutter bestand ein sehr gutes Einvernehmen, sie glichen sich auch in vielerlei Hinsicht. Großmutter besaß ein schlichtes Oberlausitzer Umgebindehaus mit Garten. Als sie starb, vereinnahmte das ganze Erbgut Mutters ältester Bruder Herrmann, der in Sohland unweit von der Landesgrenze zur Tschechoslowakei eine große Tischlerei hatte. Die Geschwister gingen leer aus. Unsere Mutter hatte aber vorher schon viel geerbt, nämlich das gute Wesen der Großmutter.

Was mich an Großmutter beeindruckte, war neben ihrer bescheidenen Lebensart und ihrem guten Gemüt ihr reger Geist. Sie war streng gottgläubig und von daher immer zuversichtlich, bis auf eine Ausnahme. Das war in den Dreißigerjahren und äußerte sich in ihrer Aversion gegen die Politik der Nazis. Sie machte aus ihrer Ansicht keinen Hehl, weil sie sich sicher war, dass diese überhebliche, radikale und kirchenfeindliche Politik zu einem schlimmen Ende führen würde. Den Nazis im Ort war Großmutters Einstellung bekannt, aber sie ließen sie gewähren, weil sie überall respektiert wurde.

Unsere Mutter hatte ihre Schulzeit in guter Erinnerung. Sie war alle acht Schuljahre Klassenbeste. Nach ihrer Schulzeit bekam sie eine Lehrstelle bei Tante Richter.

Diese war Schneidermeisterin und wohnte in dem etwa 30 Kilometer entfernten Dorf Putzkau. Das war für Mutter ein ganz besonderer Glücksfall, weil sie dort wie ein eigenes Kind aufgenommen wurde. Dabei lernte sie, wie es damals so üblich war, nicht nur die handwerklichen Fertigkeiten einer Schneiderin, sondern auch das Hauswirtschaftliche. Optimistisch, wie sie war, glaubte sie, nach Abschluss der Lehre mit der Gesellenprüfung für die Zukunft gut gerüstet zu sein. Ihr Gesellenstück war ein dreiteiliges Trachtenkleid, ähnlich der Tracht der Sorbinnen aus dem Bautzener Umland. Ernestine war eine hübsche junge Frau, die sich für wenig Geld adrett kleiden konnte.

Während ihres dritten und letzten Lehrjahres lernte sie auf einer Versammlung der Christlichen Jugend in Putzkau einen jungen Mann kennen. Ernst Pietsch hieß er. Aus dieser Bekanntschaft entwickelte sich allmählich eine feste Verbindung. Er stammte von einem der größeren Bauernhöfe im Ort. Ihr wurde bald gewahr, dass Ernst ein verlässlicher und liebenswerter Mann war. Obwohl sie keinen materiellen Rückhalt hatten, heirateten sie 1911 im Vertrauen auf Gott, ihre Fähigkeiten und einen starken Willen. Sie war 23 und er 25 Jahre alt.

In dem Dorf Schmölln nahe bei Putzkau mietete das junge Ehepaar eine kleine, dürftige Wohnung. Das Haus, in dem sie wohnten, gehörte einem älteren Ehepaar, das Marschner hieß. Die Frau war ständig grantig, er dagegen war von angenehmer Art. Leider hatte sie immer das letzte Wort. Ihr Mann hatte sich wohl an diesen Zustand gewöhnt.

Im Erdgeschoss des Hauses befand sich rechts der »Friseursalon« von Richard Finaske. In einen Raum gezwängt arbeitete er mit seiner Frau oft bis spät abends, denn die Kunden kamen meist erst nach Feierabend. Neben der Haustür hing sein emailliertes Namensschild, an dem eine tellergroße Messingscheibe befestigt war. Die Begriffe »Herren« und »Damen« waren bei uns damals nicht im Gebrauch. Es gab Männer und es gab Frauen; da fühlte sich auch niemand provoziert. Richard Finaske war ein typischer Vertreter seiner Zunft; er redete viel, machte seine Arbeit aber allerseits zufriedenstellend. Bei seinen Tarifen wurde niemand überfordert. Für die Kinderhaarschnitte nahm er das, was die Kinder in Papier eingewickelt an Geld dabei hatten. So fleißig Herr und Frau Finaske auch waren, reichte es für sie nur zu einem bescheidenen Leben.

Hinter dem »Friseursalon« befand sich ein kleiner Stall für zwei Ziegen und zwei Schweine. Links davon, mit separatem Eingang, war eine Zweigstelle der Krankenkasse, dahinter Marschners Küche und daneben eine kleine Räucherkammer. Im Obergeschoss befanden sich zwei kleine Wohnungen, außerdem das Schlafzimmer des Hausbesitzerehepaares sowie das ihres Sohnes und ihrer Tochter.

Eine der beiden Wohnungen, die etwas größere, hatten die jungen Eheleute Ernst und Ernestine gemietet. Sie bestand aus einer kleinen Wohnküche mit einer Essecke, die nur ein kleines Fenster hatte, der »guten Stube« und dem Schlafzimmer. Außerdem gehörte noch eine kleine Dachstube dazu, die zunächst als Abstellkammer vorgesehen war. Später diente sie als Schlafkammer, obwohl es sommers darin zu warm und winters zu kalt war. Dies ließ sich jedoch nicht ändern.

Mutters erstes Kind ließ nicht lange auf sich warten. Es war unsere Schwester Liesel, ein sehr liebes und ruhiges Kind. Sie wurde im Januar 1914 geboren. Mutter gebar noch drei Kinder: Meinen Bruder Walter, dann kam ich und schließlich meine Schwester Herta.

Im Raum Schmölln, Demitz-Thumitz, Tröbigau entwickelte sich die Granitstein-Industrie bereits vor dem Ersten Weltkrieg zu einem beachtlichen Wirtschaftszweig und wurde somit zu einem großen Arbeitgeber. In einem der Steinbrüche fand auch Ernst Arbeit. Davor war er vorübergehend in Bischofswerda als Hoteldiener angestellt, was ihm aber zuwider war.

Zu jener Zeit waren die meisten Schmöllner Männer in den nahen Steinbrüchen beschäftigt. Dies war ein sehr harter Broterwerb. Abgesehen von den Schmieden, Schlossern und Schwebebahnführern arbeiteten alle Männer unter freiem Himmel. Der Lohn war gering, aber für Ernst bot sich sonst nichts anderes an. Wegen seiner anfälligen Lunge kam es für ihn nicht in Betracht, in der Schmöllner Glashütte zu arbeiten.

Zu dieser Zeit spitzten sich die politischen Konflikte in Europa zu, woran Deutschland wegen seines Weltmachtanspruchs große Schuld hatte. Im August 1914 brach der Erste Weltkrieg aus, an dem anfangs fünf europäische Großmächte beteiligt waren. Das waren Deutschland, Österreich-Ungarn, Frankreich, Großbritannien und Russland. Die deutsche Generalität war offensichtlich auf Kampfhandlungen im Osten wie im Westen Deutschlands vorbereitet. Auch auf kriegerische Auseinandersetzungen in den deutschen Kolonien in Afrika und auf den Seekrieg in der Nordsee war man eingestellt. Man hatte aber nicht mit der späteren Beteiligung der modern ausgerüsteten amerikanischen Truppen gerechnet. Die Übermacht der Feinde führte schließlich zu zahlreichen Niederlagen der geschwächten deutschen Truppen.

Zum Zeitpunkt der Mobilmachung wurde der deutschen Bevölkerung weisgemacht, der Krieg sei unumgänglich. Es wurde an die jungen Männer und Frauen appelliert, sich freiwillig zum Kriegsdienst zu melden. Der Einsatz bei der Truppe sei ein »Ehrendienst« für das Vaterland. Auch Mutters 21-jähriger Bruder Paul hatte sich in den Kopf gesetzt, Matrose auf einem Kriegsschiff zu werden. Selbst Großmutters eindringliches Abraten bewirkte nichts. Er wurde eingezogen, ausgebildet und auf dem »Schlachtschiff Moltke« eingesetzt. Während einer Seeschlacht am Skagerrak verlor er sein Leben. Die Mitteilung des Marine-Oberkommandos, die Großmutter erst Monate später bekam, enthielt keinen Hinweis auf Pauls Tod, lediglich die Phrase, dass er seinem Vaterland treu gedient habe.

Paul wollte Gärtner werden und hatte schon die ersten zwei Jahre einer Gärtnerlehre hinter sich. Er war sich mit seiner Freundin Liesbeth einig, nach dem Ende des Krieges zu heiraten. Was blieb von Paul, den alle so gern mochten? Großmutter bewahrte in ihrer kleinen Schlafkammer neben anderen Bildern ein Foto von Paul in seiner Matrosenuniform auf und in einer kleinen Schublade sein Kirchengesangbuch. Sie konnte den Verlust von Paul sehr lange nicht verwinden.

Ernestines Mann wurde 1915 in ein Sächsisches Landsturm-Regiment eingezogen und schon im September 1916 nach infanteristischer Ausbildung in Rumänien eingesetzt, wo er verwundet wurde. Die Behandlung in einem Feldlazarett bewirkte jedoch keine Heilung. Erst seine Überführung in ein Krankenhaus führte zu einer Besserung, aber auch nicht zu einer völligen Wiederherstellung.

Im November 1918 unterzeichnete Deutschland den Waffenstillstand von Compiègne, damit endete der Erste Weltkrieg. Im Juni 1919 wurde der Friedensvertrag von Versailles geschlossen, in dem Deutschland die Alleinschuld am Ausbruch des Krieges zugesprochen wurde, weshalb die Siegermächte eine Reihe tief greifender Forderungen stellten.

Das Leid, das der Krieg hinterließ, durch Tausende und Abertausende an Toten, an Krüppeln und Vermissten, betraf viele Familien in Deutschland und in den Nachbarländern. Was sollte aus dem Hass der betroffenen Völker werden?

Schon gegen Ende des Krieges begann in Deutschland eine politisch unruhige Zeit, die sich bis in die Dreißigerjahre fortsetzte. Im November 1918 dankte Kaiser Wilhelm II., einer der ständigen Kriegstreiber, ab. Die Aufrüstung der Kriegsmarine war ihm das Wichtigste gewesen. Er erhielt mit seinem ganzen Gefolge Asyl in den Niederlanden und konnte dort in seinem gewohnten Luxus leben.

Trotz der allgemein schlechten Lebensumstände nach dem Krieg war und blieb Ernestine zuversichtlich, was ihre Zukunft betraf. Sie war sich aber auch sicher, dass ihr und Ernst nichts geschenkt werden würde.

Den Bauernhof der Putzkauer Großeltern erbte entsprechend dem damals geltenden Erbrecht der älteste der drei Söhne, der Onkel Max. Ernst und die anderen zwei Geschwister wurden mit dem Deputat-Versprechen abgefunden. Das war zwar kein gerechter Ausgleich, aber vernünftig, wenn sich der Erbe daran hielt. Leider bekamen sie die vereinbarten Naturalleistungen tatsächlich nur sehr selten, besonders Mutter fiel das Abholen derselben verständlicherweise nicht leicht.

Als unser Vater im Februar 1924 starb, waren die Eltern elf Jahre verheiratet. Vier davon war Vater im Krieg und die Jahre danach war er zeitweise arbeitslos. Seine körperlichen Beschwerden hatten sich zunehmend verstärkt. Viel Kraft und ein starker Wille waren nötig, um mit diesem harten Los in der politisch unsicheren Zeit fertig zu werden.

Meine jüngste Schwester Herta kam erst im Mai 1924 zur Welt, zwei Monate nach Vaters Tod. Ich bin mir nicht ganz sicher, ob die Bilder, die mir von meinem Vater noch vorschweben, mehr der Fantasie als der Realität entstammen. Aber die tägliche Abschiedsszene vor der Küchentür, wenn er zur Arbeit ging, Mutter und mich drückte, ist mir wie ein plastisches Bild erhalten geblieben. Ich war damals allerdings erst zweieinhalb Jahre alt.

Mutter stand nun völlig mittellos da, denn die kleinen Ersparnisse, die sie vorher bei ihrem dürftigen Leben zurücklegen konnten, hatte sie durch die Inflation 1923–1924 verloren. Nach Vaters Beerdigung besaß Mutter noch ganze fünf Mark.

Die Situation, in der sich Mutter mit ihren vier Kindern befand, war also sehr schlimm. Im Ort wusste man um ihre Notlage, was den Gesangverein dazu veranlasste, für uns Geld zu sammeln. Auch die Nachbarn halfen uns vorübergehend mit Lebensmitteln. Unsere Mutter nahm das beschämt hin. Schon die fünf Jahre vor Vaters Tod waren eine schwere Belastung für sie. Es gab nur geringe soziale Hilfen und leihen mochte sie sich nichts. Die Zukunft schien ohne Lichtblicke, zumal auch die beantragte Hinterbliebenenrente lange auf sich warten ließ.

Aber Mutter ließ sich nicht entmutigen. Außer ihren vier Kindern besaß sie noch eine Nähmaschine, die sie auf Raten gekauft hatte. Sie war ein ausgesprochenes Nähtalent. Dass sie eine gute Schneiderin war, sprach sich bald herum. Sie machte unsere »gute Stube«, die ohnehin trotz des knappen Wohnraumes kaum benutzt wurde, zur Nähstube. In der Nachbarschaft wusste man auch bald, dass Mutter nicht nur zuverlässig war, sondern auch nur geringen Lohn verlangte. Was sie durch ihre Näharbeit erwarb, legte sie strikt beiseite. Um mit Kartoffeln, Kraut, Möhren und anderem Gemüse versorgt zu sein, hatte Mutter ein kleines Stück Ackerland gepachtet, das auch bearbeitet werden musste. Dabei unterstützten wir Kinder sie nach Kräften.

Nach den schweren Jahren von der Inflation bis Anfang der Dreißigerjahre, die für unsere Mutter von früh bis spät mit der Versorgung der Kinder, den Näharbeiten und der Feldbestellung ausgefüllt waren, besserte sich ihre Lage etwas. Sie teilte uns zu Hausarbeiten und bestimmten Besorgungen ein. Mittlerweile war auch der Rentenantrag anerkannt worden, woraufhin sie eine Kriegerwitwenrente von 25 Reichsmark und für uns Kinder Waisenrenten von viermal 15 Reichsmark monatlich erhielt.

Die Wohnverhältnisse in unserer engen Mietwohnung waren dürftig. Wir hielten uns meist in der kleinen Wohnküche auf, bei schlimmen Gewittern drückten wir uns alle ängstlich in die dunkelste Ecke. Mutter nahm dann für alle Fälle die Familienpapiere an sich, denn einen Blitzableiter hatte das Haus nicht. Hätte mal ein Blitz eingeschlagen, wäre das Haus in wenigen Minuten niedergebrannt.

Im Erdgeschoss-Anbau befanden sich vier Toiletten, einfache Plumpsklos, die den einzelnen Wohnparteien zugeteilt waren. Für die Po-Reinigung kannten wir noch kein Toilettenpapier; man benützte dazu Zeitungspapier, das zugeschnitten der Größe des heutigen Toilettenpapiers entsprach.

Die primitive Haustechnik stammte noch aus den letzten Jahrzehnten des 19. Jahrhunderts. Allerdings gab es schon fließendes Wasser im Haus, aber nicht in den Wohnungen, sondern nur in der Waschküche im Erdgeschoss.

Während wir Kinder heranwuchsen, wurde das Wohnen in der kleinen Mietwohnung immer unangenehmer. Beispielsweise störten wir uns gegenseitig ständig bei den Schularbeiten. Außerdem regte sich die Hauswirtin über jedes laute Geräusch auf und beklagte sich immerzu bei unserer Mutter. Ihr Mann hatte allerdings Verständnis für unser Verhalten, was ihm die kratzige

Frau wiederum übel nahm. Wenn die Luft rein war, schlich sich Herr Marschner zu uns in die Wohnung, um Mutter eine kleine Wurst oder ein Stück Speck aus der Räucherkammer zu bringen, was sogar manchmal zu einem Zank mit seiner Frau führte. Offenbar kontrollierte sie den Räucherkammerinhalt genau.

Da Mutter es nicht auf einen Bruch mit dem Vermieter ankommen lassen wollte, musste sie stets für einen Interessenausgleich sorgen, was Nerven kostete. Sie wusste genau, dass wir in der Wohnung noch weiterhin bleiben mussten, denn wer sonst hätte eine arme Witwe mit vier Kindern schon zur Miete haben wollen? Außerdem hätten wir im Dorf lange nach einer passenden Wohnung suchen müssen. Um die Lage erträglich zu machen, halfen wir dem Vermieter hin und wieder bei der Feldarbeit und anderen Arbeiten. Trotz allem verzweifelte unsere Mutter nicht, aber sie schluchzte oft leise: »Lieber Gott, steh mir bei.« Zu dieser Zeit reifte bei ihr der Gedanke, sich von den alltäglichen Pressionen frei zu machen. Nur – damals war einzig der Wunsch der Vater des Gedankens, denn es fehlte eben an Geld.

Die Nachbarin im Hause, Frau Israel, war Tag für Tag mit einer stupiden Heimarbeit beschäftigt. Sie fertigte mit einer »Klöppelmaschine« Wäscheknöpfe an, die von ihrem Mann, der nicht arbeitsfähig war, auf Kartonstreifen aufgenäht wurden. Damit verdienten sie sehr wenig, aber offenbar reichte es mit dem geringen »Stempelgeld« gerade so zum Leben. Den Namen »Israel«, der mir damals sehr komisch vorkam, gab es nur einmal im Dorf. Herr Israel, Alwin hieß er, hatte eine Ziehharmonika, die er mit Leidenschaft spielte. Es waren aber fast immer fremde Melodien, wohl Volkslieder aus Böhmen, seiner Heimat. Ich begriff damals nicht, dass Israels »Freidenker« waren. Sie gingen also nicht zur Kirche, beteten nicht und kannten keine Kirchenlieder. Offenbar konnten sie aber, wohl auch ohne ihr Gewissen zu belasten, damit leben.

Unsere Mutter hätte solch eine Heimarbeit, wie Frau Israel sie machte, nie angenommen. Das hätte sie nicht ausgefüllt. Mutters Schneiderarbeiten, die sich hauptsächlich auf Frauen- und Kinderkleidung bezogen, waren mit mehreren und immer unterschiedlichen Arbeitsabläufen verbunden. Außerdem gehörte dazu natürlich auch die Beratung ihrer Auftraggeberinnen. Ihr guter Geschmack war es ja auch, was ihren Kundinnen so gut gefiel.

Die ökonomische Lage Deutschlands verschlechterte sich zunehmend, bedingt durch die Repressalien der Siegermächte des Ersten Weltkriegs und die Weltwirtschaftskrise. Daran änderte sich bis Anfang der Dreißigerjahre nichts. Die Folge war eine hohe Arbeitslosigkeit und eine zunehmende Massenverarmung. Dies sollte sich erst nach der Machtübernahme durch die Nazis 1933 ändern.

In unserer Familie hatte sich zwischenzeitlich auch einiges geändert. Unsere Schwester Liesel, die gerne Kindergärtnerin werden wollte, hatte durch Vermittlung unserer Tante Mariechen eine Freistelle im Fröbelhaus in Dresden bekommen. So musste sie während ihrer kurzen Ausbildungszeit täglich schon früh morgens mit der Bahn von Schmölln nach Dresden fahren. Oft kam sie erst spät abends zurück.

Walter, der Zweitälteste und Klügste von uns vieren, hatte sich zur Entlastung unserer Mutter bestimmte Erziehungsfunktionen angeeignet. Das ging natürlich nicht immer gut, weil er sich manchmal uns gegenüber aufspielte. Mutter war aber sonst einigermaßen zufrieden mit uns. In der Schule waren wir alle sehr gut und wir brachten immer gute Zeugnisse nach Hause. Einmal hatte Mutter mit dem schlechtleserlichen Text der allgemeinen Beurteilung in einem Zeugnis von Walter allerdings Schwierigkeiten. So las sie, mehrmals langsam wiederholend: »... früher eingeschlafen.« Richtig war indes »Führereigenschaften«. Dieser Begriff entstammte dem Vokabular der braunen Gesellschaft.

Da Mutter mit den Näharbeiten ihrer Kundschaft nicht immer ausgelastet war, nahm sie noch eine Heimarbeit bei einer Bischofswerdaer Kleiderfabrik an. Sie erhielt von dort Stoffe und Schnittmuster, aus denen einfache Hauskleider zu nähen waren. Diese Arbeiten bewältigte sie leicht. Das Abholen der Stoffe und das Bringen der Fertigware nahmen Walter und ich der Mutter ab. So konnte sie hin und wieder mit einem kleinen zusätzlichen Verdienst rechnen.

Um keinen falschen Eindruck zu erwecken: Mutter hatte keine große Kundschaft, es waren überwiegend Frauen aus der Nachbarschaft und die Bischofswerdaer Kleiderfabrik, von der sie auch nur gelegentlich Aufträge bekam. Die Nachbarsfrauen wollten nicht immer neue Kleider, meist wollten sie nur ihre Kleidungsstücke geändert haben. Die meisten mussten nur etwas weiter gemacht werden. Nach 1933 hatte Mutter allerdings noch andere Kundschaft: Sie bekam Zulauf von der Jugend, die Uniform-Hemden oder -Blusen brauchte. Sie benötigte dazu nur zwei Stoffarten, in Braun und in Weiß. Sie führte diese Arbeiten nicht so gerne aus, außerdem verlangte sie dafür auch nur wenig Geld.

Für uns Kinder war etwas sehr bedrückend, nämlich das Bronchialasthma unserer Mutter, das manchmal sehr stark auftrat. Die Häufigkeit der Anfälle nahm mit dem Alter zu. War es nicht so schlimm, konnte sie sich mit Räucherpulver oder einer bestimmten Medizin helfen. Manchmal trat es aber ganz plötzlich und sehr stark auf, sodass wir glaubten, sie müsse ersticken. Nur der schnell herbeigerufene Arzt Dr. Jugel konnte mit einer Injektion helfen. Wir hatten große Angst um sie.

Im Laufe der Jahre brachte es Mutter fertig, eine finanzielle Rücklage zu schaffen. Ihre Absicht, nicht mehr zur Miete wohnen zu müssen, beschäftigte sie immerzu. Mutter war zu Ohren gekommen, dass im Nachbarort Putzkau ein kleines billiges Haus zum Verkauf stand. So machten wir uns an einem Sonntag auf, um das Haus zu besichtigen. Wir Kinder fanden aber gleich heraus, dass das Häuschen zu primitiv war. Es hatte noch nicht einmal einen Keller und elektrisches Licht nur in der kleinen Küche. Mutter schloss sich unserer ablehnenden Meinung an. Die Renovierung hätte sicher mehr gekostet als der Kaufpreis.

Mitte der Dreißigerjahre sah sich Mutter nach einem Bauplatz in unserem Dorf um. Sie fand auch bald einen und kaufte ihn: 800 Quadratmeter zu 0,50 Mark pro Quadratmeter. Auf ihrem Sparbuch hatten sich mittlerweile einige Tausend Mark angesammelt. Doch dann trat etwas Unerhörtes ein. Der damalige Schmöllner Bürgermeister Träubtmann war gerade dabei, sich ein schönes Haus zu bauen, wofür sein Geld aber wohl nicht ausreichte. So bat er eines Tages unsere Mutter, ihm 3.000 Mark zu leihen. Das war ungefähr die Summe, die Mutter eisern angespart hatte. Es sei »nur kurzfristig«, versicherte er, sie könne das Geld bald wiederhaben.

So klug, wie unsere Mutter sonst war, ließ sie sich auf dieses Ansinnen ein, jedoch ohne einen Beleg zu verlangen. Sie ging davon aus, dass man einem Bürgermeister und Nachbarn trauen könne. Als Mutter schließlich Klarheit bezüglich ihres Hausbaus hatte und mit dem Architekten einig war, wurde der Baubeginn festgelegt. Aber wie stand es nun mit der Finanzierung? Sie brauchte dazu unbedingt die ausgeliehenen 3.000 Mark; Geld, das sie durch Arbeit und Verzicht zurückgelegt hatte. Alle ihre Versuche, es zurückzubekommen, scheiterten zunächst. Der Herr Bürgermeister hatte es in sein Haus gesteckt und war noch nicht einmal in der Lage, nur einen kleinen Teil zurückzuzahlen. Mittlerweile war er selbst noch in Bedrängnis geraten, weil er durch die politischen Maßnahmen in den Dreißigerjahren seinen Bürgermeisterposten in Schmölln verlor. Er war arbeitslos.

Daraufhin setzte sich Onkel Herrmann, Mutters ältester Bruder, für sie ein. Ihm gelang es, dass der Schuldner eine kleine Anstellung bei der Krankenkasse im Nachbarort Demitz-Thumitz erhielt und verpflichtet wurde, monatliche Zahlungen in Höhe von 27,65 Mark zu leisten. Später wurden etwas höhere Rückzahlungsbeträge festgelegt. Das Geld musste ich an jedem Monatsersten bei seinem Arbeitgeber in Demitz-Thumitz abholen. Die

Tilgungsraten trug der Krankenkassen-Vorsteher in ein kleines Notizbuch fein säuberlich ein. Bis die Schuld beglichen war, vergingen neun Jahre. Der Bautermin musste daher um Jahre verschoben werden. Erst 1937 war es dann endlich so weit, dass wir unser Haus beziehen konnten.

Beim Hausbau habe ich, damals 16-jährig, so gut es ging, mitgeholfen. Zum Beispiel konnte ich Backsteine auf einer primitiven Holzkiepe zu den Maurern tragen. Von den großen, schweren Backsteinen konnte ich nur zwei nehmen, von den kleineren sechs. So durfte ich beim Richtfest mit bei den Arbeitern in der Baubaracke sitzen. Ich erinnere mich noch daran, dass einer der Maurer den sonderbaren Namen »Lachnit« hatte.

Es war wie ein Segen für uns, die primitive Mietwohnung verlassen zu können. Wir waren frei von den Schikanen der Frau Marschner und mussten nicht mehr für eine Fettstulle auf dem Felde helfen. Wir hatten einen eigenen Garten mit Obstbäumen, Gemüsebeeten und Blumen, so wie unsere Mutter es sich immer gewünscht hatte. Pekuniär hatte sich bei uns zwar nicht viel geändert, aber reich waren wir durch die Unabhängigkeit, in der wir uns fortan befanden. Mutter hatte uns später wiederholt gesagt, dass nichts über ein eigenes Haus geht, auch wenn es klein und bescheiden ist. Wir haben aber auch gelernt, dass zu großes Vertrauen nicht immer angebracht ist.

Das Einzige, was Mutter damals an dem Mietverhältnis bei Marschners behagte, war der Duft der guten Sonntagszigarre von Herrn Marschner im ganzen Haus.

Die ersten Jahre im eigenen Haus genossen wir alle sehr. Wir freuten uns, den Garten nach unseren Vorstellungen anzulegen sowie Blumen und Sträucher pflanzen zu können. Im Herbst holten wir von unserem kleinen Ackerland die dicken Weißkohlköpfe, die unter Mutters Regie im Waschhaus zu Sauerkraut verarbeitet wurden. Zu diesem Zweck mussten wir uns einen Krauthobel leihen. Wenn sich in den zwei kleinen Holzfässchen dann die Gärungslauge bildete, durften wir schon die ersten Proben nehmen.

Wir lebten in unserem schlichten Haus im Vergleich zu der Mietwohnung bei Marschners wie in einer anderen Welt. Wir Kinder spürten, dass Mutter sich viel wohler fühlte als während der vielen Jahre zuvor. Sie war öfter zu einem Spaß aufgelegt und gebrauchte auch mal den einen oder anderen ihrer Sohländer Spezialausdrücke.

1940 wurden Walter und ich zum Kriegsdienst und Herta zum »Freiwilligen Landjahr« eingezogen. Liesel hatte schon viele Jahre vorher ihre erste Kindergartenstelle angetreten. Unsere Mutter, die es nicht immer leicht mit uns hatte, war nun erst mal allein im Haus. Indes warteten auf sie noch viele Jahre unentbehrlichen Wirkens in der Familie.

Mutters Generation erlebte nun den zweiten verheerenden Krieg, der in seiner Grausamkeit wohl noch schlimmer war als der erste. Das Leben war nicht nur in den Jahren der kriegerischen Auseinandersetzungen, sondern auch danach mit vielerlei Einschränkungen und bitterem Leid verbunden.

Als der Krieg zu Ende ging, wurden die schlimmen

Folgen erst richtig offenbar. Von unseren fünf Sohländer Cousins waren drei gefallen, der jüngste, erst 14 Jahre alt, beim Volkssturmeinsatz in Bautzen. Onkel Gustav und Tante Berta holten ihren toten Jungen mit dem Handwagen in ihr Heimatdorf, um ihn beerdigen zu können. 30 Kilometer zogen sie ihn hinter sich her.

Niemand wusste, wie das Leben weitergehen sollte. Es ging nicht nur um die Beseitigung der Trümmer, es ging mehr noch um das, was in den Menschen zerstört worden war. Millionen Menschen waren umgekommen, Millionen hatten auf unsägliche Weise gelitten, Millionen waren ihrer Heimat beraubt worden.

Während der letzten Kriegstage Anfang Mai 1945 waren polnische Einheiten marodierend über unser Dorf hergezogen. Sie nahmen der verängstigten Bevölkerung, was sie brauchen konnten. Auch in unserem Haus plünderten sie, als sie sahen, dass in den Kleiderschränken zwei Offiziersuniformen hingen.

Mutter war jetzt fast 60 Jahre alt. Ihr Lebenswerk, uns vieren den Weg ins Leben zu öffnen und uns zu fördern, hat sie trotz aller Belastungen bewundernswert gemeistert. Dies war schließlich nur durch Verzicht auf die Erfüllung eigener Wünsche möglich. Kummer und Verzagtheit währten bei ihr nicht lange. Sie war eine einfache, aber gescheite Frau und eigentlich eine Frohnatur. Trotz der Mühsal hatte sie das Lachen nicht verlernt. Ihr fehlte jedoch die Neigung zu Zärtlichkeiten. Ich wüsste nicht, dass sie uns auch nur ein einziges Mal geküsst hätte. Aber das gehörte wohl auch mit zum Sohländer Erbgut. Dennoch gab sie uns auf ihre Art ihre ganze Liebe. Unser Familienleben war für sie das Allerwichtigste.

Abgesehen davon, dass Mutter fast immer beschäftigt war, hatte sie überhaupt kein Verlangen, zu reisen. Nachdem wir das eigene Haus hatten, war ihr die Arbeit im Garten stets wichtiger, und im Winter war sowieso nicht an Reisen zu denken. Die großen Reisen ihres Lebens umfassten zwei Besuche in Dresden und einen Besuch bei unserer Schwester Liesel auf dem Rittergut in der »Lommatzschen Pflege« mit uns drei Kindern. Außerdem fuhr sie mit uns jedes Jahr einmal zur Großmutter nach Sohland. Für Gesellschaften fehlte ihr auch der Sinn.

2. Unser Leben im Dorf

Wir vier Kinder waren sowohl körperlich als auch in unserem Wesen sehr unterschiedlich. Liesel war verlässlich, anpassungsfähig und gutgläubig. Abgesehen davon, dass sie gut und gern sang, beherrschte sie schon sehr früh das Zitherspiel. Ihr Einfluss auf das familiäre Geschehen war gering. Walter dagegen war ganz anders. Er war intelligent, sehr ehrgeizig und geschickt. Außerdem hatte er einen starken Willen, mit dem er sich sowohl Herta und mir gegenüber als auch sonst durchzusetzen versuchte. Herta war strebsam und klug, hatte aber als Jüngste von uns Mühe, sich zu behaupten. Mit Freundschaften tat sie sich sehr schwer. Ich selbst hielt mich für gerecht und sorgte meinem Naturell entsprechend bei Streitigkeiten unter uns Kindern immer für Ausgleich. Ein bisschen eitel war ich gewiss auch damals schon. Uns vier zu erziehen, war also für Mutter keine leichte Aufgabe. Musterkinder wollte sie nicht, lebenstüchtige schon.

Ich ging wie meine Geschwister gern zur Schule, denn das Lernen fiel uns nicht schwer. Ich hatte aber hin und wieder Verdruss, weil mich unser Klassenlehrer Herr Kunack manchmal vor der Klasse als guten und fleißigen Schüler herausstellte. Er gebrauchte dabei gern die Redensart: »Das sieht doch Pietsch im Finstern.« Verständlich, dass die Klassenkameraden dies nicht so gerne hörten. Dabei war ich eigentlich gar keine Strebernatur. Ich kam überhaupt bei den Mädchen besser an als bei den Klassenkameraden. Aber die Freundschaften, die ich mit drei Klassenkameraden hatte, hielten viele Jahre. In meine Volksschulklasse, Jahrgang 1921, gingen 14 Jungen und nur sieben Mädchen. Die meisten Kinder meiner Klasse waren Arbeiterkinder. Ich war eines der wenigen, die keinen Vater mehr hatten.

Unsere Wohnverhältnisse, die ich in der vorherigen Geschichte schon beschrieben habe, waren dürftig. Für uns war dies mit vielen Einschränkungen verbunden. In der engen Mietwohnung bei Marschners lebte unsere Mutter 23 Jahre, und schließlich verbrachten wir Kinder unsere ganze Kindheit unter diesen Bedingungen, was natürlich auch Einfluss auf unsere Erziehung hatte. Allerdings wurde uns auch bald bewusst, dass Mutter diese Lage durch ihre Tatkraft und ihr Geschick zu ändern versuchte.

In unserer Straße, direkt gegenüber, stand ein zweigeschossiges Haus; in dessen Erdgeschoss befand sich der Kolonialwarenladen Kessinger. Dieses Haus unterschied sich von allen anderen in der Nachbarschaft, ja eigentlich von allen anderen im Ort. Es war größer und baulich auffälliger. Sechs Parteien wohnten darin. Das waren die Kessingers, die Schreibers, die Frenzels und drei Rodig-Familien. Alle Hausbewohner waren miteinander verwandt. Die alte Ladenbesitzerin Frau Kessinger hatte ein Herz für Kinder und versorgte sie mit Bonbons. Sie machte freitags marinierte Heringe, die besonders schmackhaft waren. Die marinierten Heringe mit Pellkartoffeln gehörten mit zu meinen liebsten Mahlzeiten. Ich glaube, das war über Jahre unser Freitagsmittagessen. Frau Kessingers Sohn Johannes versorgte die Kundschaft mittwochs mit selbst geräucherten Heringen, die auch sehr schmackhaft waren. In der Nachbarschaft hatten sich viele Familien auf diese billigen Heringsspezialitäten eingestellt.

Im obersten Stockwerk des Hauses wohnte die junge Familie Rodig mit ihren drei kleinen Kindern. Herr Rodig war Schlosser im Steinbruch »Grund« und seine freundliche Art machte ihn überall beliebt. Frau Rodig war eine propere Frau Ende 20, der es figürlich an nichts fehlte. Das fiel mir schon auf, als ich noch ein unreifer Jüngling war. Sie kam aus dem kleinen Nachbardorf Neuschmölln, das zur Gemeinde Schmölln gehörte. Frau Rodig, die sicher wusste, dass ich zuverlässig bin, bat mich darum, ihrem Mann während der Schulferien täglich das Mittagessen zum Steinbruch zu bringen.

Fast allen Steinbrucharbeitern wurde das Mittagessen gebracht, denn am Verkaufstand in der Kantine gab es nur Brot, Blutwurst, fette Leberwurst, saure Gurken, Rollmöpse und Zigaretten. Ich kannte mich auf der Strecke gut aus und brauchte bis zur Kantine etwa zehn bis 15 Minuten. In der Nähe des Steinbruchs musste ich auf die Stolpersteine, die vom Sprengen herrührten, achten. Rumbummeln konnte ich mir nicht erlauben, denn in der halbstündigen Mittagspause fanden die Sprengungen der Granitblöcke in der Tiefe des Steinbruchs statt. Diese wurden mit einem dreimaligen Hornsignal angekündigt. Nach Beendigung der Sprengungen, die nur einige Minuten dauerten, erklang wieder ein Hornsignal, aber mit einem langen Ton. Dann wusste ich, dass der Weg zur Kantine wieder frei war.

Unter den Rodigs wohnte die Familie Frenzel. Sie hatten nur eine Tochter, Jutta, die Nachhilfe in Stenografie brauchte. Ihr fehlte es in diesem Fach an Ehrgeiz, doch mit meiner gelegentlichen Hilfe kam sie gut voran. Sie heiratete früh, und zwar meinen Kurrende-Freund Manfred Rösler, der Mitglied im Opernchor in Dresden war und später manchmal solistisch auftrat.

Im Haus neben dem Kolonialwarenladen Kessinger befand sich im Parterre ein Elektrogeschäft. Der Laden hing voller Deckenlampen. Im Obergeschoss hatte die Familie Jugel eine Wohnung mit Praxis, denn Dr. Gotthard Jugel war unser praktischer Arzt. Als diese Familie nach Schmölln kam, hatten sie zwei Kinder, den dreijährigen Gotthard, »Bübchen« genannt, und die zweijährige Tochter »Bärbel«. Ich war zu dieser Zeit zehn Jahre alt. Unser Arzt war für die vier Gemeinden Schmölln, Putzkau, Demitz-Thumitz und Tröbigau zuständig. Insgesamt waren dies etwa 5.000 Menschen. Dr. Jugel war ein guter Arzt, aber auch ein Lebemann. Wichtig war ihm vor allen Dingen seine Jagd in Annaberg im Erzgebirge. Mitunter durfte sein Sohn Gotthard mit auf die Jagd. Einmal bestand er darauf, dass ich auch mitfahren sollte. Das war allerdings kein Vergnügen. Ich denke noch immer an die unbequeme Nacht auf dem engen Hochstand. Im Morgengrauen erlegte der Doktor eine Hirschkuh, ein großes Tier, das gleich an Ort und Stelle zerlegt werden musste. Einige Stücke wurden dann im Kofferraum verstaut. Zu Hause übernahm sie der Fleischer Augst, um sie fachgerecht aufzuteilen.

Herta und ich hatten bald eine gute Verbindung zu »Bübchen« und »Bärbel«, die immer anhänglicher wurden. Frau Jugel freute sich sehr darüber, dass wir uns mit ihnen befassten. Bei Jugels kam alle zwei Jahre ein

Kind dazu, sie brachten es auf neun oder zehn Kinder. Frau Jugel hatte kein leichtes Los, ließ sich aber nicht anmerken, wie es um sie stand.

Unser Dorf, von kleinen Bergen und Wäldern umgeben, war anders gegliedert als die Nachbarorte. Zwei Hauptstraßen durchzogen den Ort und es gab seit Langem eine gute Eisenbahnverbindung in Richtung Dresden und in Richtung Zittau. Wollte man nach Bautzen, musste in Bischofswerda umgestiegen werden, oder man lief die vier Kilometer bis zum Bischofswerdaer Bahnhof. Die 20 Kilometer von Schmölln bis nach Bautzen zu laufen war zu beschwerlich.

Schmölln hatte damals ungefähr 1.800 Einwohner. In unmittelbarer Nähe des Dorfes gab es zwei Steinbrüche, den »Ratschken« und den »Grund«. Die meisten Männer des Ortes arbeiteten dort als Steinmetze, Schmiede, Schlosser oder Hilfsarbeiter. Die Arbeit in den nahen Granitbrüchen hatte schon Ende des 19. Jahrhunderts begonnen. Die Steinarbeit war hart und nicht jedermanns Sache. Die Arbeitsbedingungen waren denkbar schlecht. Die Arbeit wurde zu jeder Jahreszeit, ausgenommen bei hartem Frost, unter freiem Himmel ausgeführt und der Lohn war gering. In den Steinbrüchen waren die Männer von sieben Uhr bis abends um sechs beschäftigt. Nur samstags war etwas früher Feierabend.

Von den Frauen in unserem Dorf hatten nur wenige eine Berufsausbildung, sie hatten die meist zahlreichen Kinder zu versorgen. Viele von ihnen waren während der Erntezeit auf den drei Gütern von Schmölln und Neuschmölln beschäftigt. Nach der Getreideernte gingen sie mit ihren größeren Kindern zum Ährenlesen auf die leeren Felder und im Herbst nach der Kartoffelernte zum »Kartoffelstoppeln«. Die Schmöllner, die ein kleines bäuerliches Anwesen besaßen, konnten sich überwiegend selbst versorgen. Meist oblag die Feldarbeit den Frauen und den Kindern. Viele Frauen in unserem Ort, die geschickt waren, künstliche Blumen nach Mustern herzustellen, banden Blumen in Heimarbeit. Reich werden konnte allerdings keine Frau davon. Reiche Familien gab es zwar auch, aber das waren nur wenige, vielleicht sogar nur die drei Rittergutsbesitzer. Ich glaube, dass selbst der Arzt nicht vermögend war.

Es gab im Dorf seit Langem mehrere polnische Arbeiterfamilien, die in einem Nebengebäude des großen Rittergutes Strehle wohnten. Offenbar waren es geschickte und fleißige Landarbeiter, auf die der Rittergutsbesitzer nicht verzichten wollte. Sie führten ein Eigenleben im Dorf, nur wenige Schmöllner hatten Berührung mit ihnen.

Dem Rittergut Strehle in der Ortsmitte kam eine besondere Bedeutung zu. Einmal weil es ein großer Gebäudekomplex war, zu dem sogar ein Park gehörte, und zum anderen weil es eine wichtige wirtschaftliche Bedeutung für Schmölln hatte. Schon als kleiner Junge sah ich dem Leben und Treiben auf dem Hof gerne zu. In den Ställen waren Hunderte Schweine, Ferkel in großer Zahl, viele Kühe, Kälber und Ackerpferde. Die Melker erkannte man an ihrer besonderen Arbeitskluft. Es war eine schwere Arbeit, bis morgens und abends alle Kühe gemolken waren. Übrigens hießen sie bei uns nicht »Melker«, sondern »Schweizer«. Die Milch wurde in großen, schweren Kannen abtransportiert.

Nach dem Gutsbesitzer und seiner Ehefrau war der Inspektor die wichtigste Person auf dem Hof. Er hatte dafür zu sorgen, dass von der Feldbestellung bis zur Ernte alles ordnungsgemäß verlief. Man erkannte ihn an seiner uniformähnlichen Kleidung. Die weiten Wege von einem Feld zum anderen legte er mit dem Fahrrad zurück.

Ein besonderes Ereignis auf dem Gutshof war das jährlich stattfindende Erntedankfest. An diesem Tag wurde vor dem Herrenhaus des Rittergutes eine lange Tafel mit Speisen und Getränken für das ganze Gesinde und deren Kinder hergerichtet. Herr und Frau Strehle saßen in der Mitte der Tafel, neben ihnen ihre beiden Kinder Johannes, Hansi gerufen, und Inge. Hansi war ein Jahr älter als ich, Inge so alt wie ich. Das Hoffest wurde von Herrn Strehle mit einem Dankgebet eröffnet. Er trug die Leutnantsuniform eines Königlich-Sächsischen Infanterieregiments. Als alle Platz genommen hatten, stimmte der Inspektor zum gemeinsamen Singen des Liedes »Großer Gott, wir loben dich« an. Daraufhin durfte sich jeder von den guten warmen Speisen und Getränken bedienen. Bald danach spielten zwei Trompeter und ein Trommler von der Feuerwehrkapelle mehrere heitere Volkslieder wie »Horch, was kommt von draußen rein«, wozu die ganze Gesellschaft mitsang. Zwischendurch traten die Kinder vor und sangen, geleitet von einer Lehrerin, »Die Vogelhochzeit« und »O, du lieber Augustin«. Es wurde spät, als man sich zum Schluss bei der Herrschaft bedankte. Bevor alle nach Hause gingen, beschloss man das Fest mit unserem Heimatlied »Oberlausitz, geliebtes Heimatland. – Ich könnte den Text und die Melodie heute noch auswendig vortragen.

Das Interessanteste auf dem Gut war für mich die Hofschmiede. Die Arbeitsgeräusche waren schon von Weitem zu hören und weit war auch der Brandgeruch beim Beschlagen der Pferdehufe wahrzunehmen. Oft warteten vor der Schmiede noch Pferde, bis sie mit dem Hufeisenwechsel an der Reihe waren. Die Schmiede war ein rußgeschwärzter großer Raum mit drei blinden Fenstern, durch die man von außen nur schemenhaft das Schmiedefeuer sehen konnte. Der Schmiedemeister und sein Geselle trugen Lederschürzen, die bis zu den Füßen reichten, und Lederkappen. Beide kannten mich und erlaubten mir manchmal, bei ihrer Arbeit aus der Nähe zuzusehen. Ich sah, wie mit dem Blasebalg das Feuer angefacht wurde, wie die glühenden Eisen auf dem Amboss bearbeitet und danach in den Wassertrog getaucht wurden, sodass es zischte und qualmte. Schmied wollte ich nicht werden, aber mir gefiel es, wie zum Beispiel aus Roheisen Werkzeuge wie Beile, Äxte, Spatenblätter und Hufeisen hergestellt wurden.

Ich fühlte mich während meiner Schulzeit in den dörflichen Verhältnissen wohl. Nach dem Stadtleben hatte ich kein Verlangen. Wenn ich Zeit hatte, spielte ich mit Freunden aus der Nachbarschaft. Unser Quartier hatten wir im nahen Pfarrbusch. Dort wurde auch schon mal das Zigarrenrauchen ausprobiert. Die Zigarren »besorgte« unser Freund Christian Kramer aus den Beständen seines Vaters, was er ihm später beichtete. Ein rechter Genuss war das Rauchen aber nicht. Nach einigen tiefen Zügen meldete sich schon der Darm. Christian war der Verwegenste aus unserer kleinen Clique. So konnte er es einmal nicht lassen, auf den trockenen Misthaufen, der sich in der Nähe unseres Lagers befand, ein Streichholz zu werfen. Im Nu entstand ein Feuer, das wir nur mit Mühe und Not löschen konnten. Er war der Einzige im Dorf, der ein Luftgewehr besaß und damit nicht immer vorsichtig umging.

Am Wochenende trug ich die Kirchenblätter »Der Nachbar«, »Die Rettung« und »Die Bewahrung« aus. Dabei musste ich das ganze Dorf durchqueren. Das Austragen war mir wichtig, einmal, weil es mir beim vierteljährlichen Kassieren einige »Fünfer« einbrachte, und zum anderen, weil mir die Unterhaltung mit den älteren Leuten zusagte. Mitunter hatte ich auch Begleitung von einem Freund oder einer Freundin, die sich von der Tour einige Bonbons versprachen. Auch zur Melkerfamilie, die auf dem Gutshof Strehle ihre Wohnung hatte, brachte ich jede Woche meine christlichen Zeitungen und hielt mich gerne bei ihnen auf. Einer ihrer Söhne ging in meine Klasse.

Herr Barth, einer unserer älteren Lehrer, fragte mich eines Tages, ob ich mir etwas verdienen möchte. Er schlug mir vor, alle vier Wochen seinen Hühnerstall zu reinigen. Er würde mir jedes Mal zehn Pfennige bezahlen. Warum er gerade mich dafür haben wollte, war wohl darauf zurückzuführen, dass er mich als ordentlichen Schüler kannte. Herr Barth hatte eine geräumige Wohnung und besaß eine große Obstwiese; eine seiner Freizeitbeschäftigungen waren seine Hühner. Es waren etwa 30 Stück, darunter einige weiße Leghorn, mehrere Italiener und ein paar Zwerghühner. Die Hühner hatten auf der großen Wiese Auslauf und konnten sich in der warmen Jahreszeit in ihren Erdlöchern einscharren. Als mich Herr Barth, der mir eigentlich sehr unsympathisch war, in meine Arbeit einwies, war ich jedoch entsetzt, wie verdreckt der kleine Hühnerstall war. Ich musste den festen Hühnerkot, der sich überall befand, mit einem Spachtel abkratzen und einsammeln. Das war eine Arbeit, die mich anwiderte. Auf den Lohn von zehn Pfennigen war ich nicht erpicht, ich machte es drei Mal und gab es dann auf. Was mich an dem kleinen Hühnerschuppen beunruhigte, war eine Pistole, die innen über der Tür hing, was ich zunächst mit Entsetzen feststellte. Es war allerdings nur eine Schreckschusspistole, deren Abzug mit der Türklinke verbunden werden konnte, sodass sich ein Warnschuss löste.

Das Vereinsleben bekam für uns Kinder erst später eine größere Bedeutung. Unser Vermieter Herr Marschner nahm es allerdings mit dem Schützenverein, in dessen Vorstand er war, sehr ernst. Er hatte es im Ersten Weltkrieg bis zum Vizefeldwebel gebracht, worauf er sehr stolz war. Er glaubte, uns Schülern den ersten militärischen Schliff beibringen zu müssen. So erwartete er von Walter, mir und zwei Nachbarsjungen das sonntägliche Exerzieren im Hausflur. Für ihn war das ernst, für uns eher belustigend, was wir uns aber nicht anmerken ließen.

Mit acht Jahren war ich im Turnverein, ich interessierte mich aber weniger für Geräteturnen, sondern mehr für Leichtathletik. Gut war ich im Weitsprung und in den Laufdisziplinen, eine athletische Figur hatte ich allerdings nicht. Später stellte der Turnverein einen

Kinderspielmannszug auf und ich wurde zum Querpfeifer ausgebildet. Die Töne wurden uns mit Zahlen und nicht mit Noten beigebracht, ich hätte aber auch nach Noten spielen können. Frau Kunack, die Ehefrau unseres Klassenlehrers, gab einigen Schülern der zweiten und dritten Klasse, es waren sechs Mädchen und zwei Jungen, Flötenunterricht. Sie brachte uns gleich von Anfang an die Grundlagen des Notensystems bei. Der kleine Flötenchor von Frau Kunack war schon bald in der Lage, bei Theaterspielen der Schule fast fehlerfrei mitzuwirken. Am häufigsten spielten wir »Das Lieben bringt groß' Freud«. Während des Marschierens mussten wir die Stücke auswendig spielen, was manchmal Schwierigkeiten bereitete. Wenn wir bei einem Fest mit klingendem Spiel durchs Dorf marschierten, fielen einige falsche Töne aber gar nicht auf. Beifall bekamen wir so oder so.

Der Sonntag unterschied sich zu Hause in mancherlei Hinsicht vom Alltag. Es begann eigentlich schon mit der umständlichen Badeprozedur am Samstagabend, die in der Waschküche ablief. Da mussten zuerst die Fenster verhängt werden, damit uns niemand nackt sehen konnte. Dann wurde der große Waschkessel mit Wasser gefüllt und angeheizt. Es dauerte lange, bis das erste Bad fertig war. Die Zinkbadewanne stand auf wackeligen Füßen. Lang genug war sie zwar, aber zu eng. Als wir vier dann in frische Nachthemden gehüllt in den Betten lagen, war es bereits Nacht. Mutter räumte noch die Waschküche auf, weil sie am Sonntag von Israels gebraucht wurde.

Obwohl der Sonntag meist nach einem festen Ritual

verlief, freuten wir uns sehr auf ihn. Mutter kam aus einem frommen Hause. Von daher verstand es sich von selbst, dass wir Kinder zum Kindergottesdienst und nach der Konfirmation zum Hauptgottesdienst gingen. Die Einwohner unseres Dorfes waren fast alle evangelisch-lutherischen Glaubens. Die meisten blieben aber der Kirche fern und viele wollten von der Kirche gar nichts wissen. Nur zu den kirchlichen Feiertagen war die Kirche voll.

Mutter war eine gute Köchin, die uns sonntags meist einen guten, wenn auch kleinen Braten vorsetzte. Die Bratenfleischscheiben mussten für alle gleich groß sein, sonst gab es Ärger. Walter meinte allerdings, dass er einen Anspruch auf ein größeres Stück habe. Das Beste waren jedoch die Bratensoßen, ich habe in meinem ganzen Leben nie so pikante Bratensoßen genossen wie die von unserer Mutter. Was sie so besonders lecker machten, waren ein oder zwei aufgelöste Lebkuchen.

War sonntags schönes Wetter, suchten wir nachmittags bestimmte Ausflugsziele auf. Eines davon war der fünf Kilometer entfernte Klosterberg mit seiner Gartenwirtschaft, ein anderes die »Amselschänke«. In beiden Wirtschaften gab es für jeden von uns ein großes Glas Waldmeister- oder Himbeerlimonade für fünf Pfennige. Wir mussten sparsam trinken, denn es blieb bei einem Glas. Ich bevorzugte immer Waldmeister, eigentlich mehr der schönen grünen Farbe wegen. Der Geschmacksunterschied zwischen der Waldmeister- und der Himbeerlimonade war allerdings nicht besonders groß. Gegessen haben wir in den Gaststätten eigentlich nie, weil das zu viel kostete. Vom Klosterbergturm konnte man bei guter Sicht bis in die Bautzener Tiefebene sehen. Die »Amselschänke« hatte für uns Kinder den Vorzug, auf dem Spielplatz schaukeln zu können, dazu musste man sich allerdings anstellen.

Von meinem zehnten Lebensjahr an hatte ich sonntags eine angenehme Pflicht zu erfüllen, denn unser Kantor hatte mich für die Kurrende ausgewählt. Er hatte lange gebraucht, bis er die geeigneten Kinder mit guter Stimme fand. Wir Kurrende-Kinder hatten unsere festen Plätze auf der Empore der Kirche vor der Orgel. Zur Kurrende gehörten zwölf Mädchen und drei Jungen. Wir drei konnten uns stimmlich aber immer durchsetzen, obwohl unsere zweite Stimme meist etwas schwieriger war als die erste der Mädchen. Der Beste von uns dreien war Manfred Rösler; Herbert Henschel und ich waren beide gleich gut. Von den Mädchen war Irene Röhle die Beste. Sie gefiel mir, jedoch nicht ihre Frisur. Irene hatte zwei Schwestern, die große war drei Jahre älter und die kleine zwei Jahre jünger als sie. Auch sie hatten die gleiche Frisur, das war das Werk ihrer Mutter.

Unsere Proben hatten wir regelmäßig mittwochs in der Kantorei. Kantor Gnauck hatte es nicht leicht mit uns, er war keine Respektsperson. Manchmal fand er kaum heraus, wer falsch sang. Bei einem neuen Choral hatte auch ich einmal bei einer Stelle Schwierigkeiten, die richtigen Töne zu singen. Bei Beerdigungen trugen wir unsere schwarzen Kurrende-Kutten und gingen dem Trauerzug voran, wobei Manfred als der Kräftigste das Kreuz zu tragen hatte.

Ich habe schon als kleiner Junge oft und gern gesungen. Walter und Herta hatten damit jedoch nichts im Sinn.

Als ich größer war, glaubte ich sogar, Opernsänger werden zu können. Meine Vorliebe galt damals den beliebten Operettenmelodien und ausgesuchten Volksliedern. Ich blieb aber unentdeckt.

Jeden Sommer stand etwas an, das mir gar nicht behagte: Mehrere Frauen aus der Nachbarschaft versammelten sich mit ihren Kindern zur Heidelbeertour. Auch Mutter und wir Kinder gehörten mit zu der Pflückertruppe. Bis wir das weite Waldstück erreicht hatten, mussten wir viele Kilometer laufen. Das Beste an der Tour war die Vesperpause, unsere Vesperbrote und die Limonade schmeckten jedenfalls besser als sonst. Das Pflücken war jedoch eine mühsame Arbeit, und wir brauchten Stunden, bis unsere Krüge voll waren. Unter den Frauen gab es eine, die alle anderen an Schnelligkeit übertraf und daher die meisten Beeren nach Hause brachte. Das war die Wehner Anna, der es an Anmut, aber nicht an Klatschsucht fehlte. Sie besaß als Einzige im Dorf einen Ziegenbock, der vielleicht der Vater aller Ziegen im Ort war, und davon gab es viele. Der penetrante Geruch dieses Tieres war noch in weitem Umkreis seines Stalles wahrzunehmen.

Es gab im Ort einige Häuser, die noch keinen elektrischen Anschluss hatten. Das dürftige Licht im Haus spendeten dort Petroleumlampen. Elektroherde waren noch selten, wir hatten auch keinen. In unserer Küche stand ein großer Kohleherd, zum Anfeuern wurde Kleinholz gebraucht. Deshalb mussten Walter und ich oft mit dem Leiterwagen in ein Sägewerk nach Putzkau laufen. Eine Fuhre Schwartenholz kostete 50 Pfennige.

Wir versuchten, den Leiterwagen so raffiniert zu beladen, dass sich die Fuhren besonders lohnten. Manchmal wurden wir, wenn wir uns dem Sägewerk näherten, von einer Horde Putzkauer Jungens angegriffen. Wir konnten uns allerdings mit Knüppeln immer zur Wehr setzen.

Der Winter mit mäßiger Kälte, bis minus 20 Grad und viel Schnee, war uns Dorfkindern willkommen. Da es schon früh dunkel wurde, blieb uns an den kurzen Nachmittagen nicht viel Zeit zum Rodeln oder Schlittschuhlaufen. Wenn wir Eishockey spielten, begnügten wir uns mit alten Spazierstöcken. Wir hatten mehrere Rodelbahnen, von denen nur die »Lange« am Klosterberg und die »Steile« beim Pfarrhaus beliebt waren. Die Waghalsigen unter uns Jungen bevorzugten das »Bobfahren«, bei dem zwei oder drei Schlitten aneinandergebunden wurden und der vordere als Lenkschlitten diente. Manchmal traute sich auch ein Mädchen, mitzufahren. Hatten wir mal Temperaturen unter 25 Grad, blieben wir natürlich zu Hause. Allerdings wurde dann das Heizen auf einen Raum, meist auf die Küche, beschränkt.

Zur Weihnachtszeit hatten wir verlässlich immer Schnee, meist sogar viel Schnee. Da waren die schweren Schneepflüge, die von einem Belgier-Gespann gezogen und von einem oder zwei Kutschern geführt wurden, immer unterwegs, obwohl nur die breiten Straßen im Ort und die nach Neuschmölln und Tröbigau geräumt werden mussten. Wenn es mal tagelang schneite, hatten wir schulfrei. Allerdings war Schlittenfahren oder Schlittschuhlaufen dann auch nicht möglich. Bedenken Sie, dass die Oberlausitz und deren östliche Randgebiete die klimatischen Verhältnisse Osteuropas haben.

Schon Wochen vor Weihnachten begannen wir, kleine Geschenke für unsere Mutter selbst herzustellen. Für mich gab es an zwei Weihnachtsfesten große Überraschungen. Die eine war ein Kindergrammofon mit kleinen Schallplatten. Ich habe dieses kleine Wunderwerk lange wie meinen Augapfel gehütet. Auf den kleinen Schallplatten waren Kinderlieder oder Märchen zu hören. Eine Platte hatte allerdings einen Fehler: Bei »Pferdchen hopp, hopp, hopp« verschluckte sich immer der Sänger. Das lag natürlich nicht am Sänger, sondern daran, dass die Platte an einer Stelle beschädigt war. Das Grammofon und die Platten hatte Tante Mariechen heimlich besorgt. Die zweite Überraschung, Jahre später, war ein Paar Skier, die Onkel Herrmann in seiner Tischlerwerkstatt in Sohland hergestellt hatte. Er war der einzige Tischler weit und breit, der das konnte. Skilaufen war damals bei uns noch nicht so verbreitet wie Schlittenfahren.

Während es im Winter sehr kalt war, hatten wir im Sommer meist über viele Wochen konstant schönes Wetter. Wenn wir Zeit hatten, gingen wir ins Schwimmbad. Das Schwimmen brachten wir uns alle selbst bei. Das war sommers das größte Vergnügen, kostete aber Geld. Deshalb zog sich ein Schwimmbadbesuch meist mehrere Stunden hin. Dauerkarten konnten wir uns nicht leisten.

Alle zwei, drei Monate besuchten wir Großvaters Bauernhof in Putzkau. Großvater hatte aber zu jener Zeit schon seinen Hof an den jüngsten Bruder meines Vaters, Onkel Max, übergeben. Er lebte mit der Großmutter auf dem Altenteil, hatte aber auf dem Hof trotzdem noch seine Beschäftigungen. So kümmerte er sich besonders um die Pferde, auch fertigte er Reiserbesen, die die Bauern im Dorf zum Hoffegen brauchten. Er verkaufte sie für fünf Pfennige das Stück. Fünf Pfennige kostete auch ein Schnaps, den er sich hin und wieder in der nahen Gaststätte »Zum kühlen Grund« leistete.

Großmutter kümmerte sich um die Schweine und das Federvieh, wovon es viele gab. Wir Schmöllner Kinder interessierten uns am meisten für die Tiere. Großvater ließ uns sogar die Pferde anschirren und anspannen. Mit unserer Cousine Gretel verstanden wir uns besser als mit dem Cousin Fritz. Ihre Schwester Marianne war noch zu klein, um bei unseren Versteckspielen mitmachen zu können. Abends ging es wieder nach Hause. Tante Toni versah uns reichlich mit Eiern, Butter und Wurst, was wir gut gebrauchen konnten. Teure Wurst konnten wir uns sowieso nicht leisten.

Unseren Christbaum holten wir einige Tage vor Heiligabend bei Onkel Max ab, er war aus seinem kleinen Wald.

Zwei Wochen unserer Sommerferien verbrachten wir bei der Sohländer Großmutter, von der schon zuvor die Rede war. Sohland ist etwa 40 Kilometer von Schmölln entfernt. Wir freuten uns jedes Mal auf die Fahrt mit der Eisenbahn. Eisenbahnfahren war etwas Seltenes, weil es Geld kostete. Die Strecke von Schmölln bis Sohland ging fast immer leicht bergan. Nach dem Putzkauer Bahnhof ging es im großen Bogen über einen hohen Viadukt, über das der Zug langsam fahren musste. An einer bestimmten Stelle konnten wir sogar Opas Felder, den Teich und das Wäldchen sehen.

Sohland machte auf uns einen interessanten Eindruck. Es war kein Bauerndorf, sondern ein Handwerkerdorf, das auch schon einige kleine Fabriken hatte. Das Eindrucksvollste aber war für uns die nahe Grenze zur Tschechoslowakei. Man konnte den Grenzverlauf vom Hohberg aus gut beobachten. Mitunter sah man auch bewaffnete tschechische Grenzsoldaten an der Grenze patrouillieren. Ganz nahe haben wir uns an die Grenze nicht herangewagt, das schien uns zu gefährlich. Die Deutschen und die Tschechen hatten damals kein gutes Einvernehmen. Das rührte wohl noch vom Ersten Weltkrieg her. Wenn von den Tschechen die Rede war, wurden sie als Feinde bezeichnet.

Direkt neben Großmutters Haus war die kleine Gärtnerei Paul. Mein Interesse bezog sich aber nicht auf die Blumen, sondern mehr auf die zwei Gärtnerstöchter Lena und Liesbeth, die von Jahr zu Jahr hübscher wurden. Beide hatten blonde Zöpfe und waren sehr adrett. Da sie auch sehr zugänglich waren, kam bald ein guter Kontakt zustande. Besonders gefiel mir Lena. Ich kann mich an die beiden hübschen Mädchen noch heute gut erinnern. Das könnte damals so ein erster Anflug von Liebe gewesen sein.

In unserem Dorf und in den Nachbarorten wurde es schon vor den Dreißigerjahren politisch unruhig. Es bildeten sich verschiedene politische Gruppen. Bald zogen uniformierte Trupps mit Gesang oder Marschmusik, oft undiszipliniert, durch die Straßen. Viele Leute wussten nicht, wie sie sich verhalten sollten. Nach dem bis dahin gewohnten friedlichen Leben breitete sich zunehmend

Unruhe im Dorf aus. Die Unzufriedenheit in der Bevölkerung, die hauptsächlich auf die hohe Arbeitslosigkeit und die Armut zurückzuführen war, gab den politischen Agitatoren besonderen Auftrieb. Die Politiker hatten es über viele Jahre nicht vermocht, dem deutschen Volk Sicherheit und Vertrauen zu geben.

Auch an unserem schulischen Alltag änderte sich vieles. Von uns Kindern wurden ungewohnte Verhaltensweisen verlangt. So wurde zum Beispiel am 30. Januar 1933, dem Tag der »Machtergreifung«, vor der Schule eine »Hitlereiche« gepflanzt, die wir jedes Mal beim Vorbeigehen mit erhobenem rechten Arm und »Heil Hitler« grüßen sollten. Leider wurden in dieser Zeit zwei unserer besten Lehrer »versetzt«, wie es hieß. Wo sie geblieben sind, haben wir nie erfahren.

Dem Alter nach waren wir noch Kinder, den neuen Lebensumständen nach waren wir es nicht mehr. Viele Zwänge störten unser gewohntes Leben. Die politischen Diskrepanzen entzweiten mitunter sogar die Familien. Bei uns war auch manchmal der familiäre Friede gestört, meist wegen Walter. Mutters Meinung war dann wie ein Gebot, das galt.

3. Meine Lehrjahre

Meine Soldatenzeit begann im April 1940 mit der Ausbildung bei der Beobachtungsabteilung IV in Meißen. Daran schloss sich im Juni 1941 zu Beginn des Russland-Feldzuges der erste Fronteinsatz bei einer Gebirgsdivision in Karelien an. Was sich dort abspielte, war, von den ersten Wochen abgesehen, ein heimtückischer Stellungskrieg mit Unterstützung schwacher finnischer Kräfte. Im Frühjahr 1944 wurde ich zum Sturmbataillon des AOK 8 kommandiert. Ich war Batterie-Offizier der Sturmbatterie, die über sechs 10,5-cm-Haubitzen verfügte. Das Bataillon war nach schweren Kämpfen in Bessarabien zu voller Kampfstärke aufgefüllt worden. Im Mai kamen wir nahe Galaţi am Schwarzen Meer zum Einsatz. Aber schon bei der Bereitstellung unserer Geschütze wurden wir von heftigem Artilleriefeuer der Russen überrascht. Wir waren noch nicht in Stellung, da griffen uns motorisierte russische Verbände an. Unsere Infanterie konnte dem Angriff nur kurze Zeit widerstehen. Inzwischen waren wir aber feuerbereit und konnten im direkten Beschuss die Angreifer aufhalten. Das ging jedoch nicht lange gut, die starken russischen Kräfte waren nicht aufzuhalten. Erst nach Überschreiten des Pruth im heutigen Moldawien konnten die Russen für einige Tage gestoppt werden. An feste Fronten war aber von da an nicht mehr zu denken. Uns wurde immer klarer, dass wir vergebens kämpften. Unsere Verluste waren groß. Die »Endsieg«-Parolen klangen für uns wie Hohn. Als die Reste des Bataillons auf andere Verbände aufgeteilt wurden, bekam ich das Kommando über die Batterie, die noch 80 Mann stark war und zwei Geschütze verloren hatte.

Die Divisionskampfgruppe, zu der wir nun gehörten, hatte den Auftrag, unsere Nachbarverbände zu unterstützen. Alles in allem war es eine Art geordneter Rückzug in Richtung Südkarpaten. Mit unseren Geschützen kamen wir kaum noch zum Einsatz. Grauenvoll waren in den Schlussmonaten des Krieges die Kämpfe gegen die Partisanen in der Slowakei, die uns meistens nachts überfielen.

In den letzten Kriegstagen Anfang Mai 1945 ging es den deutschen Einheiten nur noch darum, sich dem Zugriff der Russen zu entziehen, also in amerikanische Gefangenschaft zu kommen. Auch wir wurden von amerikanischen Soldaten gefangen genommen, die uns auf eine große Wiese brachten. Hier lagerten Tausende deutscher Soldaten, verlassene Wehrmachtsfahrzeuge waren zu sehen, aber auch Hunderte von Pferden. Die Zeit, die wir in diesem Lager zubringen mussten, war hart. Die starke Hitze im Mai und Juni machte uns deshalb sehr zu schaffen, weil es an Mannschaftszelten und schattigen Plätzen fehlte. Die Amerikaner waren nicht in der Lage, uns ausreichend zu versorgen. Wir bekamen täglich nur Weißbrot und manchmal Büchsenfleisch. Ausbruchsversuche waren aussichtslos, denn den amerikanischen Wachposten entging nichts. Wer es dennoch riskierte, musste damit rechnen, angeschossen zu werden.

Mir ist noch klar in Erinnerung, dass in der Nähe unseres Lagerplatzes mehrere kleine Häufchen zerrissener deutscher Banknoten lagen, die von Truppenzahlmeistern hinterlassen worden waren. Leider konnten wir damit nichts anfangen, denn die Schnipsel waren zu klein.

Bedrückend war für mich die ungewisse Zukunft, wie auch die große Enttäuschung über den Betrug des Nazi-Regimes am ganzen deutschen Volke. Mir war der Boden unter den Füßen entzogen. Was war das für ein erschütterndes Ergebnis nach fast sechs Jahren Krieg, den wir Deutschen schließlich angezettelt hatten?

Unsere Entlassung erfolgte nach vielen provozierenden Verhören durch amerikanische Offiziere, jedoch mit der Einschränkung, dass keiner in die russisch besetzte Zone durfte. Dies war ein erneuter Schlag, denn dort war meine Heimat. Wo sollte ich sonst hin?

Ich erinnerte mich an einen meiner Kameraden auf dem Karelien-Feldzug, Ernst Hick, der aus Hof in Niederbayern stammte. Ich nannte seine Adresse und gab ihn als meinen Cousin aus.

Nach sechs Wochen Gefangenschaft unter menschenunwürdigen Bedingungen schoben uns die Amerikaner ab. Ich hatte mich schon im Lager mit drei Kameraden zusammengeschlossen, es waren die beiden Westfalen Josef und Heinrich sowie der Schlesier Paul. Wir hatten vereinbart, auch nach der Entlassung zusammenzubleiben. Aus dem großen Geräte- und Fahrzeuglager, eine Hinterlassenschaft eines Teiles der deutschen Südarmee, suchten wir uns ein geeignetes Trossfuhrwerk aus und dazu vom Pferdelager drei brauchbare Tiere mit dem notwendigen Geschirr. Wir hatten einen langen Weg vor uns, der uns vom Südostzipfel Bayerns durch den Bayrischen Wald, den Oberpfälzer Wald und das Fichtelgebirge führen sollte. Über den weiteren Weg hatten wir noch keine Klarheit, aber wir wussten, dass wir für diese Tour Wochen brauchen würden.

Während Josef und Heinrich guter Dinge waren und von ihrer Heimat viel zu erzählen wussten, waren Paul und ich schweigsam. Ich hatte keine Vorstellung davon, wie der neue Lebensabschnitt verlaufen könnte. Hier versagte meine sonst so lebhafte Fantasie. Mir war einfach bange, aber richtige Angst hatte ich nicht. Mit diesem Los mussten doch Hunderttausende fertig werden.

Gleich in den ersten Tagen mussten wir eines der Pferde bei einem Bauern gegen Futter und Verpflegung eintauschen. Es war als Zugpferd ohnehin nicht brauchbar. Wie befürchtet, wurden wir auch von herumstreunenden amerikanischen Soldaten belästigt, die es insbesondere auf Taschen- und Armbanduhren abgesehen hatten. Sonst besaßen wir, wie die anderen entlassenen deutschen Soldaten, kaum noch etwas von Wert. Wir mussten uns vor ihnen in Acht nehmen, denn vielleicht hätten sie uns auch das Ersatzpferd ausgespannt.

Der Marsch zehrte an unseren Kräften. Meistens liefen wir bergauf neben dem Wagen her, denn schließlich durften wir auch die Pferde nicht überfordern. Wir schafften etwa 40 Kilometer täglich.

Nach einer Woche entschlossen wir uns, eine längere Pause einzulegen. Wir machten abseits der Hauptstraße auf einem Bauernhof in der Nähe von Marktredwitz im Fichtelgebirge Halt. Von den Bauersleuten und ihren zwei jungen Töchtern wurden wir freundlich aufgenommen. Hier konnten wir uns auch mal ordentlich mit warmem Wasser waschen. Die Mädchen waren über unseren unerwarteten Besuch offensichtlich sehr erfreut.

Nach einigen Tagen angenehmen Aufenthalts trennten wir uns. Für den Schlesier und mich hatte es keinen Sinn, den Marsch nach Norden weiter fortzusetzen. Wir beide waren damit einverstanden, dass die westfälischen Kameraden mit dem Gefährt weiterzogen. Paul zog es vor, mit Zustimmung der Bauernfamilie vorerst dort zu bleiben. Mir schlug der Bauer vor, auf einem einsamen kleinen Hof in der Nähe unterzukommen, da dort dringend Hilfe nötig sei. Ich war damit einverstanden, ahnte aber nicht, was mir bevorstand.

Der Hof, auf dem ich helfen sollte, war heruntergekommen, der Bauer befand sich noch immer in Gefangenschaft. Die Bäuerin, etwa 35 Jahre alt, hatte für drei kleine Kinder, das Vieh und das Feld zu sorgen. Sie war trotz der Hilfe ihrer fleißigen Magd überfordert.

Die junge Bäuerin war froh über meine Gesellschaft und teilte mir gleich meine tägliche Arbeit zu, welche die Versorgung der Schweine und das Spalten von Baumwurzeln umfasste. Ohne zerkleinerte Baumwurzeln konnte im Küchenherd kein Feuer gemacht werden. Mit den Schweinen kam ich zurecht, aber das Spalten der Baumwurzeln zehrte an meinen Kräften. Hatte ich dieses tägliche Arbeitspensum geschafft, erwarteten die beiden älteren Kinder, ein siebenjähriger Junge und ein achtjähriges Mädchen, dass ich sie in Lesen und Schreiben unterrichte. Sie waren in beiden Fächern weit zurück. Ihr Lerneifer war groß, am liebsten war ihnen jedoch die Märchenstunde am Abend. Wohl niemand hatte sich vorher in dieser Weise mit den Kindern befasst.

Meine Schlafstelle war ein Lattenverschlag auf dem Dachboden neben der Kammer der jungen Magd. Erschöpft von der täglichen Arbeit war ich froh, ungestört schlafen zu können. Sonst hatte ich nichts im Sinn. Vielleicht hätte sich die Magd über meinen nächtlichen Besuch gefreut, aber ich konnte sie nicht riechen. Außerdem hieß es jeden Morgen früh aufzustehen. Die Schweine hatten ihre festen Fütterungszeiten und deuteten das auch mit lautem Gegrunze an.

Auf dem Hof befand sich ein altes, schweres Pferd, das neue Hufeisen nötig hatte. Die Bäuerin gab mir eines Morgens den Auftrag, das Pferd zum mehrere Kilometer entfernten Hufschmied zu bringen. Meine Freude, endlich einmal ausspannen zu können, hielt aber nicht lange an. An Reiten war nämlich nicht zu denken, weil das Pferd darauf nicht »eingestellt« war. Ich musste es also hinter mir herziehen, was sehr anstrengend war. Das grüne saftige Gras am Wegesrand hatte es ihm sehr angetan, so gab es auf dem Weg immer wieder längere Aufenthalte.

Entkräftet erreichte ich mit dem Pferd schließlich die Dorfschmiede. Der Schmied, ein alter grober Geselle, nahm zunächst kaum Notiz von mir. Als mein Pferd an der Reihe war, machte der wortkarge Schmied mich zu seinem Gehilfen. Ich musste die schweren Pferdebeine der Reihe nach so halten, dass er alle Arbeitsvorgänge gut ausführen konnte. Dabei lehnte sich das alte schwere Tier mit seinem ganzen Gewicht auf mich. Den Schmied, der das natürlich sah, störte das aber nicht. Die Prozedur dauerte unheimlich lange.

Nun hatte ich die Nase voll davon, weiterhin als Helfer auf dem Bauernhof zu arbeiten. Auf dem Rückweg, der in gleicher Weise wie der Hinweg verlief, ließ ich mir Zeit. Der Bäuerin gefiel mein langes Ausbleiben aber gar nicht, weil sie die Mittagsfütterung der Schweine übernehmen musste.

Am Abend erklärte ich ihr schließlich, dass ich sie verlassen würde. Sie war sehr enttäuscht darüber, und auch den Kindern gefiel es überhaupt nicht, doch ich hatte einen Entschluss gefasst.

Mein Ziel war die rund 50 Kilometer entfernte Stadt Hof an der Saale. Dort hoffte, ich meinen Kameraden aus dem Karelieneinsatz, Ernst Hick, anzutreffen. Den Weg legte ich teils zu Fuß, teils als Anhalter auf landwirtschaftlichen Fahrzeugen zurück. In Hof angekommen suchte ich nach der Adresse meines Kameraden und fand das stattliche Haus in der Ascherstraße 7 bald. Mir öffnete eine gepflegte Frau mittleren Alters die Tür. Es war die Mutter meines Kameraden, Frau Hick. Als ich mich als Freund ihres Sohnes Ernst vorstellte, nahm sie mich gerne bei sich auf. Offenbar konnte sie mich als Helfer gut gebrauchen. Ihr Mann, ein Major, war noch in Italien in amerikanischer Gefangenschaft, mein Kamerad Ernst noch in russischer Gefangenschaft. Der zweite Sohn war gefallen.

Ich war hier gut versorgt, so schön hatte ich es schon lange nicht mehr gehabt. Außer mir wohnten im Haus noch zwei evakuierte Saarländerinnen. Sowohl im Haus als auch im Garten konnte ich mich nützlich machen. Außerdem durfte ich mich im Versicherungsbüro umsehen, das sich im Erdgeschoss des Hauses befand. Dort war nur eine Angestellte beschäftigt.

Da ich mich polizeilich angemeldet hatte, bekam ich auch Lebensmittelkarten. Diese waren allerdings nicht unbedingt nötig, weil Frau Hick offensichtlich noch Lebensmittelvorräte hatte. Der Tauschhandel war zu jener Zeit voll im Gange. Hoch im Kurs standen amerikanische Zigaretten, landwirtschaftliche Produkte und Zucker. Während der Sommerzeit wurde bekannt, dass sich die Amerikaner aus dem nahen Thüringen zurückziehen wollten. Diese Abmachung hatten die Westalliierten mit den Russen getroffen. Gegenleistung dafür war die Teilung Berlins in einen westlichen und einen östlichen Teil. In Hof hörte man, dass die Amerikaner die Zuckerbestände der Zuckerfabriken im nahen Thüringen vor dem Einzug der Russen räumen lassen würden. Dies sollte durch deutsche Wehrmachts-Lkw-Kolonnen mit deutschen Gefangenen erfolgen. Ich kam mit meinen beiden jungen saarländischen Nachbarinnen überein, der Sache nachzugehen. So machten wir uns mit Rädern und Rucksäcken auf den Weg zum nächsten Autobahnrastplatz. Dort warteten wir auf eine der Fahrzeugkolonnen, und es dauerte auch nicht lange, bis die erste Kolonne in der Ferne auftauchte. Allerdings fuhr diese an unserem Rastplatz vorüber, auch die nächsten beiden Fahrzeugkolonnen hielten nicht an. Unser Warten schien beinahe aussichtslos, außerdem mussten wir uns vor patrouillierenden MP-Jeeps im nahen Gebüsch verstecken. Schließlich machte doch eine Fahrzeugkolonne an unserem Rastplatz Halt, und ich fragte einen der Fahrer, ob er uns drei mitnehmen könne. Er tat es offensichtlich nur meinen zwei Gefährtinnen zuliebe, obwohl er es eigentlich nicht durfte. Wir mussten uns und die Fahrräder flach auf den Boden der Ladefläche legen, um nicht gesehen zu werden. Die Fahrt dauerte etwa eine Stunde. Das Ziel war eine Zuckerfabrik in der Nähe von Altenburg in Thüringen.

Die Fabrik war streng bewacht. Es durfte niemand, auch die Fahrer nicht, ohne Genehmigung hinein. Das Beladen der Fahrzeuge mit den schweren Zuckersäcken ging schnell voran, aber es gab für uns keine Möglichkeit, an Zucker zu gelangen. Wir gingen leer aus, was sehr enttäuschend war.

Unser Fahrer nahm uns aber Gott sei Dank auch wieder mit zurück. Wir hatten auf dem voll beladenen Lkw nur wenig Platz, und ich konnte es nicht verwinden, ohne Zucker zurückzukehren. Für alle Fälle hatte ich ein Klappmesser und ein Wehrmachtskochgeschirr mitgenommen, doch mein Versuch, mit dem Messer ein Loch in einen der prall gefüllten Zweizentnersäcke aus Jute zu bohren, scheiterte. Also wollte ich versuchen, einen Sackverschluss zu öffnen. Dies musste allerdings kniend geschehen, um nicht gesehen zu werden. Ich schaffte eine handgroße Öffnung, in die der Kochgeschirrdeckel eben passte. Als ich den ersten Rucksack fast vollgefüllt hatte, machte ich mich an zwei weitere Zuckersäcke, damit der Diebstahl nicht auffiel. Dann verschnürte ich die Säcke wieder sorgfältig. Ich musste mich beeilen, um beim vereinbarten Halt damit fertig zu sein. Wir durften den Fahrer keinesfalls belasten. Unsere Lkw-Kolonne hielt aber nicht auf dem zuvor vereinbarten Rastplatz, sondern unterbrach die Rückfahrt erst einen Rastplatz später. So hatten wir noch einen ziemlich weiten Weg bis nach Hof.

Unsere Anstrengungen hatten sich aber gelohnt. Wir kamen mit fast 45 Pfund gestohlenem Zucker gut gelaunt in Hof an. Die Ausbeute wurde christlich geteilt und hatte für uns einen großen Wert. Von meinem Teil behielt ich nur die Hälfte, die andere Hälfte schenkte ich Frau Hick.

Die Zeit in Hof war für mich mehr eine Erholung, aber eine zufriedenstellende Dauerbeschäftigung hatte ich nicht. Auch hörten wir immer noch nichts von meinem Kameraden Ernst. Ich entschloss mich deshalb, nach einigen schönen, ruhigen Wochen im Spätsommer 1945 Hof zu verlassen. Ich brauchte eine Beschäftigung, die mich ausfüllte, eine Perspektive. Übrigens war es absehbar, dass sich in kurzer Zeit eine Liebesbeziehung mit einer der beiden Saarländerinnen anbahnen würde, die ich aber nicht weiter vertiefen wollte. Sie war verheiratet und ihr Mann war noch in französischer Gefangenschaft. Beide Frauen wohnten schon mehrere Jahre bei Frau Hick und hatten es mit dem Umzug in ihre Heimat nicht eilig.

Durch den Verkauf einiger Pfund Zucker war ich an eine Menge Geld gekommen. Es hatte zwar keinen großen Wert, aber ich konnte es trotzdem gut brauchen. Ich nahm an, dass mir vielleicht einer meiner Batterie-Kameraden, von denen die meisten in Westfalen wohnten, auf der Suche nach Arbeit helfen könnte. Da ich einige Adressen besaß, fuhr ich nach Lübbecke in Westfalen und suchte dort in einer Dorfgemeinde einen meiner Kameraden auf. Wie man sich denken kann, war er über meinen Besuch sehr erstaunt. Er wohnte auf dem Hof seiner Eltern und ich konnte bei ihm erst mal bleiben. Arbeit gab es für mich dort auch, aber es war keine befriedigende Lösung. Ich blieb einige Wochen, in denen ich keine Not litt, hielt es dann aber für besser, in der Stadt eine Anstellung zu suchen. Schließlich besaß ich nach dem Besuch der höheren Handelsschule die Voraussetzungen für eine Beschäftigung in einem kaufmännischen Beruf.

Ich entschloss mich daher, mit der Bahn nach Minden aufzubrechen. In meinem Zugabteil unterhielten sich zwei junge Frauen unter anderem über die Arbeit ihrer Männer. Eine der beiden erklärte, dass ihr Mann kürzlich eine Beschäftigung bei einer Kabelmontage-Firma gefunden habe, mit der er sehr zufrieden sei. Ich setzte mich zu den beiden Frauen und erkundigte mich nach den Einzelheiten der erwähnten Arbeit. Die Frauen erzählten unter anderem, dass dafür ein Büro in Schwelm zuständig sei. Ich hielt das für einen Wink des Schicksals und überlegte nicht lange, was zu tun sei.

Am nächsten Tag war ich in Schwelm. Dort musste ich viele Leute nach besagtem »Kabelbüro« fragen, und schließlich fand ich es auch. In dem nüchtern ausgestatteten Büro waren außer dem Bauleiter noch zwei andere Kräfte beschäftigt. Ich brachte mein Anliegen vor, hatte jedoch kein Glück. Der Bauleiter verwies mich aber auf ein zweites Büro seiner Firma, das im Schwelmer Postamt untergebracht sei. Es war nur ein kurzer Weg dorthin, große Zuversicht begleitete mich dabei allerdings nicht.

Diesem Büro stand ebenfalls ein Bauleiter vor. Als ich mich ihm vorstellte und meinen Wunsch vortrug, fragte er nach meinen Kenntnissen. Irgendwie hinterließ ich wohl einen guten Eindruck, denn er hatte Arbeit für mich, und mir fiel ein Stein vom Herzen. Ich konnte gleich in den nächsten Tagen dort anfangen. Wichtig war jedoch, dass ich halbwegs die englische Sprache beherrschte, denn die von der britischen Besatzungsbehörde verlangten Baufortgangsberichte sowie die ganze Korrespondenz mussten in Englisch abgefasst sein. Dafür reichten meine Englischkenntnisse aber aus. Mir stand sogar ein kleiner nüchterner Büroraum zur Verfügung. Die drei Büroräume, in denen sich die Bauleitung befand, gehörten früher zur Wohnung des Postamtsvorstehers. Die britische Besatzungsmacht hatte sie requiriert. Die mir zugewiesene Arbeit konnte ich leicht bewältigen. Nur hinsichtlich der Zeichnungen und Lagepläne brauchte ich die Anleitung des Bauleiters. Später kamen noch kaufmännische Arbeiten, die Personalbelange betrafen, hinzu. Ich wurde zunächst nicht als Angestellter, sondern als »Stammhelfer« eingestellt, mit einem Stundenlohn von sage und schreibe 76 Pfennigen. Das war sehr wenig, hatte aber den Vorteil, dass ich Schwerarbeiter-Lebensmittelkarten bekam, die mir streng genommen gar nicht zustanden.

Schon einen Tag nach meiner Ankunft in Schwelm hatte ich eine geeignete Unterkunft gefunden. Allerdings war es nur ein winziges Zimmer ohne Heizung und ohne warmes Wasser. Ich war 24 Jahre alt, hager, aber gesund, und ich besaß nichts, nicht einmal Zivilkleidung. Mein Kapital war mein Lebenswille und mein Optimismus. Bekannte hatte ich hier natürlich auch nicht. Während der kalten Januartage hielt ich mich auch nach Feierabend meist im beheizten Büro auf.

Mein Büroraum war früher das Kinderzimmer der Wohnung des Postamtsvorstehers. Von nebenan hörte ich hin und wieder Stimmen und Geräusche. Das Schlüsselloch in der verschlossenen Tür war frei. Ich konnte daher beim Spicken einen kleinen Ausschnitt des Zimmers sehen. Bald fand ich heraus, dass darin eine junge Frau wohnte. Eines Tages begegnete mir diese Frau, die mir gleich gut gefiel, im Treppenhaus. Sogleich kam mir ein gewagter Einfall. Ich nahm einen kleinen Streifen Papier, schrieb einen freundlichen Gruß darauf, rollte ihn zusammen und schob ihn vorsichtig tief in das Schlüsselloch. Ich war gespannt, ob das Papierröllchen bemerkt werden würde.

Bis zum Feierabend geschah jedoch nichts. Am nächsten Morgen aber war das Schlüsselloch frei. Wer hatte die Botschaft angenommen und wie war der Scherz wohl aufgenommen worden? Zunächst vernahm ich nichts. Tags darauf steckte aber ein kleines Röllchen von drüben im Schlüsselloch. Zu meiner großen Freude wurde mein Gruß mit lieben Worten erwidert. Die Schlüssellochbotschaften setzten sich noch einige Tage fort und wurden immer herzlicher. Schließlich vereinbarten wir per Schlüssellochkontakt ein Treffen im Kabelkeller des Postamtes. Das war meine erste Verabredung mit einer Frau nach langer Zeit. Sie hieß Lore, war hübsch und gepflegt, etwas jünger als ich. Die Liebe währte leider nicht lange. Sie hatte sich auf ihre Art auf »Völkerverständigung« eingestellt, indem sie mit einem englischen Besatzungssoldaten »engen Kontakt« pflegte. Ich hatte sie beide im Kabelkeller beim Küssen überrascht. Mit einem ehemaligen deutschen Soldaten in verschlissener Uniform war natürlich kein Staat zu machen.

Im Frühjahr suchte ich mir eine andere Unterkunft. Ich fand ein schönes Zimmer bei einem Ehepaar, das den einzigen Sohn im Krieg verloren hatte. Bei ihnen war ich bestens aufgehoben, sie kümmerten sich in liebevoller Weise um mich. Dieser herzliche menschliche Kontakt ließ mich aber meine schreckliche Vergangenheit nicht vergessen.

Mit meiner Anstellung war ich zufrieden. Die Art der Ausführung meiner Aufgaben war weitgehend mir überlassen. So führte ich bald praktischere Arbeitsabläufe ein, worauf auch die Zentrale des Unternehmens in Bad Nenndorf aufmerksam wurde.

In meiner Freizeit, also samstags nachmittags und sonntags, wanderte ich oder ging in ein Freibad. Mittlerweile hatten mich meine Wirtsleute mit einem Anzug ihres Sohnes, der nur geringfügig zu ändern war, ausgestattet. So sah ich nun als Zivilist manierlicher aus als vorher. Ich besuchte oft das Wuppertaler Freibad. Einmal legte ich mich auf der großen Liegewiese in gehörigem Abstand in die Nähe eines Mädchens, das ich bereits öfter an gleicher Stelle liegen sah. Sie war dunkelhaarig und gut geformt. Weil sie nie in Gesellschaft war, sprach ich sie schließlich an. Sie ließ sich auf ein Gespräch mit mir gern ein. Wir trafen uns dann fast regelmäßig im Schwimmbad oder wanderten gemeinsam. Sie hieß Ursula und war 19 Jahre alt. Wir waren einander bald zugetan. Sie wollte mich deshalb unbedingt ihren Eltern vorstellen, was mir jedoch nicht so recht behagte.

Ihren Eltern, einfache Leute, gefiel unsere Beziehung. Mir stand jedoch nicht der Sinn nach einer festen Bindung.

Was mich in dieser Zeit immerzu belastete, war der versperrte Weg in meine Heimat, die Oberlausitz. Die Russen hielten die Zonengrenze streng bewacht. Jeder aufgegriffene Grenzgänger machte sich als Spion oder Saboteur verdächtig. Ich glaubte aber, dass es auf dem Hunderte Kilometer langen Grenzstreifen unbewachte Lücken geben musste. Ein Durchkommen musste doch in bewaldeten Gebieten möglich sein. Da ich mir einen Grenzübergang zutraute, machte ich mich mit der Bahn auf den Weg in Richtung Walkenried im Harz. Auf dem Walkenrieder Bahnhof war viel Betrieb. Zahlreiche Frauen mit Kindern und einige Männer hatten sich dort eingefunden. Sie alle hatten die Absicht, ihre Heimat im russisch besetzten Gebiet aufzusuchen. Ich tat mich mit einem jungen Mann zusammen, der sich abgesondert hatte. Wir waren entschlossen, gemeinsam über die Zonengrenze zu pirschen, die nur einige Kilometer entfernt war.

Unterwegs trafen wir auf mehrere Frauen mit Kindern, die sich uns unbedingt anschließen wollten. Sie hatten Angst, alleine weiterzugehen. Das war uns zwar nicht recht, aber wir konnten uns diesem Wunsche nicht verschließen. Als wir das Waldgebiet erreicht hatten, baten wir die Frauen, sich ganz ruhig zu verhalten. Wir schlichen voraus, um zu erkunden, ob russische Patrouillen zu sehen seien. Nicht weit von uns entdeckten wir zwei bewaffnete Soldaten. Also mussten wir warten, bis sie sich entfernt hatten, oder wir mussten vorsichtig einen anderen Durchschlupf suchen. Da die Kinder sich allerdings etwas unruhig verhielten, wurden die Soldaten auf uns aufmerksam. Sie kamen mit schussbereiten Kalaschnikows auf uns zu gerannt und machten uns deutlich, dass wir ihnen folgen sollten.

Die Verhöre der russischen Offiziere, die in einer Baracke stattfanden, dauerten Stunden. Einige Soldaten schikanierten uns Männer, indem sie uns befahlen, tiefe Löcher in der Nähe der Baracke zu graben. Sie entließen die Frauen mit ihren Kindern, während wir zwei Männer über Nacht eingesperrt wurden. Am nächsten Morgen schickten sie uns über die Grenze wieder zurück. Als wir uns in Sicherheit wähnten, entschlossen wir uns, es an einer weniger bewachten Stelle erneut zu versuchen, und diesmal schafften wir es unbehelligt über die Grenze zu kommen. Die erste Ortschaft, die wir auf russisch besetztem Gebiet erreichten, hieß Ellrich. Dort konnten wir uns aber nicht aufhalten, denn es wimmelte von russischen Soldaten. Außerdem hatte Ellrich auch keine Bahnstation. Halbwegs sicher fühlten wir uns erst, als wir nach einem langen Fußmarsch durch unwegsames Gelände Nordhausen erreichten. Dort war mir wohler, weil ich in diesem Ort eine Bekannte hatte, die ich sogleich aufsuchte. Das unerwartete Wiedersehen bescherte uns einige schöne Stunden. Mein Begleiter ging indes seinen eigenen Weg.

Die Bahnfahrt von Nordhausen bis Bischofswerda in Sachsen verlief ohne Überraschungen. Das letzte Stück von Bischofswerda nach Schmölln ging ich zu Fuß und war natürlich sehr aufgeregt. Da ich ohne Ankündigung zu Hause ankam, erschraken meine Mutter und meine ältere Schwester sehr, als ich plötzlich in der Tür stand. Wir freuten uns alle unsäglich über das Wiedersehen. Ich hatte beide schon Jahre nicht mehr gesehen.

Weil mein unerlaubter Aufenthalt nach dortiger polizeilicher Reglementierung eine schwere Straftat war, musste ich Besuche im Ort unterlassen, um nicht entdeckt zu werden. Leider konnte ich nur drei Tage bleiben. Der Abschied von Mutter und Schwester war schwer.

Der Rückweg verlief ohne große Schwierigkeiten und war leichter zu bewältigen. Erstens kannte ich jetzt eine kaum bewachte Stelle an der Zonengrenze und zweitens war ich allein. Schon einen Tag nach meiner Rückkehr konnte ich wieder meinen Platz im Büro einnehmen.

Anfang 1947 bekam ich eine Anfrage von der Zentrale unseres Unternehmens, ob ich in der neuen Zweigstelle in Wiedenbrück den Posten des ersten Kaufmanns übernehmen möchte, natürlich zu besseren Bedingungen als in Schwelm. Ich sagte, ohne lange zu überlegen, zu und erhielt einen Vertrag als gut eingestufter Angestellter.

Im Wiedenbrücker Büro hatte ich zwar keine weibliche Nachbarschaft, aber ein sehr gutes Einvernehmen mit dem technischen Leiter. Herr Cassak hatte für uns beide auf dem Gut St. Vit in der Nähe von Wiedenbrück Quartier mit »Halbpension« gemacht. Unser Dienstfahrzeug war ein zweisitziger DKW, »Leukoplastbomber« genannt. Mit diesem nicht sehr schnellen Pkw fuhr Herr Cassak auch meist am Samstagnachmittag nach Wuppertal, wo er zu Hause war. Er nahm mich mit, wenn ich Lust auf einen Besuch in Schwelm hatte.

Die Zeit in Wiedenbrück und St. Vit hatte für mich einen besonderen Reiz. Nach getaner Arbeit, meist am Schreibtisch, sah ich mich auf dem schönen, großen Gut um. Am meisten befasste ich mich mit den Pferden. Bald freundete ich mich mit dem Eleven an, der die Pferde zu betreuen hatte.

Das gemeinsame Abendessen in großer Runde mit der Herrschaft war für mich immer ein kleines Erlebnis, was sowohl die Kost als auch die Unterhaltung betraf. Es dauerte auch nicht lange, bis mein Interesse für eine Küchenmamsell bemerkt und erwidert wurde. Jedoch hielt sich die Liebschaft in Grenzen, weil wir immer wieder bei unseren heimlichen Schmuseversuchen gestört wurden. Um das liebenswerte Mädchen einfach nachts in ihrem Zimmer aufzusuchen, wofür es eine Einladung gab, fehlte mir der Mut. Ihr Zimmer befand sich in der Nähe der Schlafzimmer der Herrschaft.

Mein Einsatz im Wiedenbrücker Büro dauerte leider nur ein knappes Jahr und ich musste mich erneut verabschieden. Die von den englischen Besatzungsbehörden verlangte Wiederherstellung der zerstörten Orts- und Fernkabel wurde auf weitere Bereiche ausgedehnt. So mussten auch die Trassen im südlichen Niedersachsen ausgebessert oder erneuert werden. Dies erforderte die Einrichtung einer weiteren größeren Zweigstelle, die mehrere Montage- und Bautrupps zu betreuen hatte. Die Zentrale in Bad Nenndorf übertrug mir hierfür die kaufmännische Leitung. Unser Büro befand sich in Rosdorf bei Göttingen, wo ich eine Unterkunft in einer kleinen Pension fand. Die Arbeit war umfangreicher als in Schwelm und in Wiedenbrück, aber ich verstand mich sowohl mit dem technischen Leiter als auch mit dem übrigen Personal sehr gut. In der ersten Zeit hatte ich jedoch kaum private Kontakte, denn ich war in Rosdorf stärker eingespannt als in den letzten beiden Jahren.

Unweit von unserem Büro befand sich eine stillgelegte Tongrube. Sie gehörte zu einer verlassenen Ziegelei, in der wir unser großes Materiallager hatten. Im Sommer verbrachte ich dort oft meine freie Zeit beim Baden. Dort fand sich auch für kurze Zeit ein Mädchen ein, das mehr las als badete. Mich interessierte es, mit welcher Literatur sie sich befasste, und ich sprach sie an. Sie las Rainer Maria Rilke und Heinrich Heine, was mich erstaunte. Sie war für mich eine sehr angenehme Gesprächspartnerin. Die Freundschaft währte allerdings nicht lange, weil sie sich nur zu Besuch bei ihrem Onkel Meurer aufhielt, dem Besitzer der nicht mehr im Betrieb befindlichen Ziegelei in Rosdorf.

Die wichtige Bahnstrecke Kassel–Göttingen war nur etwa 200 Meter von unserem Büro entfernt. Das nächste Signal befand sich in Sichtweite. Eines Tages saßen wir im Büro und vernahmen das lang andauernde Pfeifen einer Lokomotive, was uns stutzig machte. Schließlich hörten wir auch Geschrei. Wir unterbrachen unsere Arbeit und rannten zum Bahndamm. Dort stand gerade ein Güterzug und die Türen zweier Waggons waren geöffnet. Davor lagen einige aufgeschlitzte Mehl- und Grießsäcke, daneben am Boden verstreut der Inhalt. Der Güterzug hatte noch keine freie Fahrt, das Signal stand noch auf Halt. Die Bande, die den Zug zum Stehen gebracht und die Waggons gewaltsam geöffnet hatte, war schon verschwunden. Ich lief zum Büro zurück, um Beutel zum Einfüllen der kostbaren Ware zu holen. Als ich wieder am Bahndamm ankam, traf die Polizei ein. Sie wollte von uns Neugierigen Hinweise zum Vorgehen der sogenannten »Eisenbahnspringer« erfahren. Wir waren aber nicht in der Lage, ihnen weiterzuhelfen. Dass wir unterdessen unsere Beutel füllten, berührte sie nicht. Der Güterzug hatte bald wieder freie Fahrt. Später wurde gemunkelt, dass mehrere Raubzüge dieser Art einvernehmlich mit dem Zugpersonal abgelaufen seien.

Die Wunden des Krieges waren noch lange nicht verheilt und die Versorgung der Bevölkerung war noch völlig unzureichend. Noch florierten der Tauschhandel und der Schwarzmarkt. Infolge der Kriegswirtschaft hatte unsere damalige Reichsmark-Währung ihren Wert so weit eingebüßt, dass es schließlich zur Inflation kam. Die Währungsreform im Juni 1948, bei der die Deutsche Mark (DM) eingeführt wurde, ließ für jeden einen Umtausch von 60 Reichsmark (RM) in 60 DM, die sogenannte Kopfprämie, zu. Für mich war dies nicht sehr hart, weil ich kein größeres Altgeldguthaben hatte.

Ganz erstaunlich an diesem Prozess war jedoch, dass die viele Jahre andauernde Mangelwirtschaft von einem Tag auf den anderen beseitigt war. In den Geschäften war plötzlich fast alles wieder zu haben. Aber wo hatten die Geschäfte über Nacht die Bestände her? Sie hatten offenbar längst auf die neue Währung spekuliert und dementsprechend Ware angehäuft. Die Wirkungen der Währungsreform führten schließlich das Ende der Tausch- und Schwarzmarktgeschäfte herbei.

Da ich so nahe am Harz wohnte, machte ich an den Wochenenden oft Ausflüge in dieses schöne Bergland. Das neue Geld hatte das materielle Leben fast aller verändert, ausgenommen derjenigen, die von der RM-Zeit profitiert hatten. Noch war das neue Geld knapp, aber man konnte sich nach und nach »etwas leisten«. Zum Beispiel brauchte ich auf meine Harz-Wanderungen keine Butterbrote mehr mitzunehmen, sondern konnte in Gaststätten einkehren. Da ich aber von Haus aus sparsam war, sammelte sich auch bald bei mir eine ansehnliche Rücklage an.

Auch in privater Hinsicht bahnte sich bei mir eine Veränderung an. Bei meiner Arbeit im Büro musste ich viele Telefonate führen. Die Gespräche wurden nach Anmeldung handvermittelt. Während einer solchen Vermittlung faszinierte mich die Stimme einer Telefonistin sehr, an die ich daraufhin auch noch öfter geriet. Sie war anfangs kurz angebunden, wurde aber von Mal zu Mal freundlicher. Ich erfuhr von ihr, dass sie, so wie ich, allein sei. Meinen Vorschlag zu einem Treffen nahm sie ohne Zögern an. Danach trafen wir uns regelmäßig und immer öfter.

Ihre Erscheinung war zierlich und gepflegt. Sie wohnte als Untermieterin bei zwei gebildeten älteren Damen, die sehr auf Sitte und Anstand bedacht waren. So musste ich beispielsweise meine Besuche spätestens um zehn Uhr abends beenden. Wohl gemerkt, ich war damals 27 Jahre alt; doch schlug die Uhr zehn, klopften sie an die Tür.

Ich besorgte meiner neuen Bekannten vieles, was ihr fehlte. Dazu gehörte unter anderem auch Kohle für ihren kleinen vorsintflutlichen Kanonenofen. Sie war damals noch sparsamer als ich, ihr Kühlschrank war meistens bis auf Margarine und Senf leer. Allmählich wurde die Beziehung herzlicher und enger, sodass wir im Frühjahr 1949 beschlossen, uns zu verloben.

Zu dieser Zeit wurde ich in die Zentrale nach Bad Nenndorf geholt. Dort war ich für die Betriebsbuchhaltung zuständig und konnte mein Schulwissen praktisch anwenden. Ich hatte eine sichere Position unter den 30 Angestellten, mit denen ich gut zurechtkam.

Bad Nenndorf, das auf mich wie ein Dorf wirkte, hatte damals nicht viel zu bieten. Ich hatte mich im Hotel »Hessischer Hof« eingemietet. Dort war auch ein ebenfalls in die Zentrale versetzter Kollege untergekommen, mit dem ich mich bald anfreundete. Er war ein verlässlicher, verheirateter junger Mann. Unsere Freizeit verbrachten wir meist mit Wanderungen im nahen Deisterbergland. Wenn wir am Wochenende nichts Besonderes vorhatten, speisten wir sonntags mittags in einer kleinen Gaststätte in der Nachbargemeinde. Dort gab es immer preiswertes und gutes Essen in großen Portionen. Das war aber nicht der einzige Grund, warum es mich dorthin zog. Sonntags fanden sich dort auch mehrere junge Leute des Ortes regelmäßig zum Tischtennisspielen ein und sie nahmen uns gern in ihrer Runde auf. Unter ihnen befand sich auch ein apartes junges Mädchen, mit dem ich sehr gern eine Partie spielte. Ich war von ihrer Art sehr angetan und auch sie konnte mich offenbar gut leiden. Aber es half nichts, ich war verlobt und auch sie war verlobt; so konnten wir unsere Freundschaft nicht vertiefen. Das schmerzte mich sehr, denn sie war ein gescheiter, feinfühliger und liebenswerter Mensch.

1949 übernahmen die Oberpostdirektionen der Deutschen Bundespost die Zuständigkeit für den Ausbau des Kabelnetzes, was die Auflösung der Zentrale in Bad Nenndorf zur Folge hatte. Im Zuge der Neuordnung des Post- und Fernmeldewesens waren in Darmstadt zwei Oberbehörden, das Fernmeldetechnische und das Posttechnische Zentralamt (FTZ und PTZ), gegründet worden.

Im FTZ brauchte man für die Abteilung Logistik fähige Sachbearbeiter. Da ich von der Leitung der Zentrale in Bad Nenndorf empfohlen wurde, stand meiner Übernahme nichts im Wege.

Vor meinem Arbeitsantritt in Darmstadt hielten meine Verlobte und ich in Göttingen Hochzeit. Davor hatte es allerdings bei einem meiner Besuche in Göttingen noch einen Eklat gegeben, bei dem sie mir den Verlobungsring vor die Füße warf. Sie nahm an, dass ich mit einer Telefonistin der Telefonzentrale in Bad Nenndorf ein Verhältnis hätte, nur weil sie nicht schnell genug mit mir verbunden worden war.

Sie war bereits zu Beginn unserer Verbindung misstrauisch und eifersüchtig, was später schlimme Formen annahm. Diese Eigenschaften gehörten wohl zu ihrer Art. Erst viel später wurde mir gewahr, was sich in ihrem Wesen verbarg.

Das FTZ hatte zum Zeitpunkt seiner Gründung im Jahre 1949 etwa 450 Beschäftigte und vergrößerte sich von Jahr zu Jahr durch Ausweitung seiner Kompetenzen und Aufgaben. Der Personalstand steigerte sich nach und nach, Ende 1988 waren über 2.900 Personen dort beschäftigt. Abgesehen von den Schreibkräften setzte sich das Personal aus Beamten vornehmlich des gehobenen und höheren Dienstes zusammen. Ich war einer der wenigen Angestellten im höheren Dienst. Dies hatte ich insbesondere dem Umstand zu verdanken, dass es keine Beamtenlaufbahn gab, die auf kaufmännisch-betriebswirtschaftliche Grundlagen ausgerichtet war. Mir ist es durch Beharrlichkeit und Fortbildung im Fachwissen gelungen, mich in dieser Behörde zu bewähren. Mit ausschlaggebend war aber sicher auch meine Art.

Die Tätigkeit als Sachverständiger für Selbstkostenpreisanalysen u. Ä. war nicht mein Traumberuf, trotzdem habe ich diese interessante Arbeit mit Unterstützung meiner Mitarbeiter gern ausgeführt. So fand ich nicht nur im eigenen Hause, sondern auch bei den Kontrahenten der Fernmeldeindustrie Anerkennung.

4. Die Notlüge

Unser Sohn Christian war schon als Kleinkind ungewöhnlich tierlieb. Kranke Tiere pflegte er mit großer Hingabe. Dazu gehörten auch Kröten, Mäuse und anderes Kleingetier, vor dem sich viele Menschen ekeln. So verwundert es nicht, dass sich seine Wünsche zu Weihnachten oder zu den Geburtstagen meist auf Kleintiere bezogen, die man in der Wohnung halten kann. Infolgedessen hatten wir bald weiße Mäuse, Goldhamster, Meerschweinchen und Kaninchen. Die Kaninchen, die wir als Zwergkaninchen in der Zoohandlung kauften, entwickelten sich aufgrund der guten Verpflegung meist zu »Riesen-Belgiern«. In der wärmeren Jahreszeit hielten sich die Tiere unter Christians Aufsicht oft im Freien auf, sonst waren sie in Käfigen in seinem Zimmer oder auf dem Balkon untergebracht. Allerdings beschränkte sich seine Tierliebe nicht nur auf kleine Tiere. Als er zehn Jahre alt war, wollte er unbedingt ein Pony haben. Es kostete uns eine enorme Anstrengung, ihm diesen Wunsch wieder auszureden.

Von seinem siebenten Lebensjahr an verbrachten wir mehrere Sommerurlaube in Ferienwohnungen auf Bauernhöfen, meist war es bei Kleinbauern. Dies war in der Zeit vom Ende der Sechziger- bis Anfang der Siebzigerjahre. Die Ferienwohnungen brauchten für uns keinen großen Komfort zu haben; meiner Frau und mir war auch eine einfache Ausstattung recht. Der Junge fühlte sich richtig wohl, wenn es auf den Höfen Kühe, Kälbchen, Schweine, Ferkel, Hunde, Katzen und Federvieh mit vielen kleinen Küken gab. Allerdings interessierte ihn gelegentlich auch schon mal ein Bulldog.

Die Struktur der kleinbäuerlichen Höfe basierte seiner Zeit auf der Mehrfelderwirtschaft und einer komplexen Viehhaltung, die von Pferden, Kühen und Schweinen bis hin zu Hühnern und Gänsen alles umfasste. Die Bauern sahen zu dieser Zeit noch keinen Grund, sich umzustellen, denn die moderne Landtechnik für die Feldbearbeitung war damals noch am Anfang. Bis die Motortechnik das Pferd vollends verdrängt hatte, vergingen noch Jahre.

Christian ging es bei unseren Landurlauben nicht nur um das Streicheln der Tiere, sondern auch darum, dass er an der bäuerlichen Arbeit beteiligt werden konnte. Für meine Frau und mich waren es immer erholsame Zeiten, denn Christian war meist in der Obhut der Bauersleute. Nach den ersten Tagen hatte er sogar oft einen festen Platz an deren Mittagstisch. So wurden diese Urlaube stets zu einem besonderen Erlebnis für ihn.

Unser sechster Urlaub auf dem Bauernhof in einem kleinen Dorf in den Haßbergen war jedoch ganz anders. Dies sollte dann auch unser letzter Urlaub in einer Ferienwohnung auf dem Lande sein. Diesmal war auch Christians bester Freund Urs mitgefahren. Er hatte uns mit Erlaubnis seiner Eltern darum gebeten, mit uns zwei Wochen der Sommerferien auf dem Lande verbringen zu dürfen. Für Urs war es der erste Urlaub auf einem Bauernhof.

Die beiden Jungen waren in ihrer Art sehr unterschiedlich. Während Christian eher besonnen, abwägend und vernünftig war, sann der lebhafte Urs gern auf Streiche und Dummheiten. Beide besuchten damals die erste Klasse eines Gymnasiums.

Nach unserer Ankunft auf dem Bauernhof richteten wir uns zunächst in der großen Ferienwohnung ein und sahen uns daraufhin auf dem Anwesen um. Wir bemerkten jedoch bald, dass dies kein Bauernhof nach unseren Vorstellungen war. Er konnte auch den Wünschen der Kinder nicht gerecht werden. Was wir nämlich vorfanden, war eher eine ökonomisch gestaltete landwirtschaftliche Produktionsstätte. Der Bauer hatte sich auf zwei offenbar lohnende Ertragsbereiche eingerichtet: Bullenmast und Hühner-Legebatterien. Wir sahen zwölf Bullen, festgebunden in einem mäßig großen Stall, und Hunderte von Hühnern in Legebatterien in einem langen Schuppen ohne Tageslicht. So etwas Deprimierendes hatten wir noch nie gesehen. Seine Produkte, Rindfleisch und Eier, vermarktete der Bauer selbst. Dazu diente ein speziell hergerichteter Kleinlieferwagen. Des Bauern Kundschaft war in den Vororten von Bamberg.

Enttäuschend für die beiden Jungen war vor allem, dass es dort keine Kälbchen, keine kleinen rosigen Ferkel und keine Fohlen gab. Die einzigen Tiere waren ein Hund und mehrere Katzen, außerdem zwei Schweine für die Selbstversorgung. Der Hof war auffallend sauber, aber es war eben kein Bauernhof, wie ihn Kinder erwarten. Auf Ordnung und Sauberkeit wäre es ihnen auch gar nicht so sehr angekommen.

Als wir die kurze Hofbesichtigung beendet hatten, machten unsere beiden Helden erst komische Gesichter, und dann kamen ihnen Tränen, die sie nicht verbergen konnten. Ihre Bauernhof-Fantasien waren wie Seifenblasen zerplatzt. Unsere Beschwichtigungsversuche, sie könnten doch mit dem Hund und den Katzen spielen, bewirkten nichts. Erst als wir ihnen andere Ersatzangebote vorschlugen, wie zum Beispiel Bootsfahrten auf dem Main oder der Regnitz, ließen sie wieder mit sich reden.

Einige Tage später erzählte uns die Bäuerin, dass sie den Kükenhändler erwarte, der im Dorf mehrere Abnehmer hatte. Sie erklärte weiter, dass sie für die Hühneraufzucht 500 Küken kaufen müsse. Dies war für unsere beiden Kerle eine erfreuliche Nachricht. Der Kükenhändler machte sich tags darauf mit einer Glocke bemerkbar und hielt mit seinem großen Lieferwagen direkt vor dem Bauernhof. Christian und Urs, die ihn bereits ungeduldig erwarteten, waren sofort zur Stelle. Durch unzählige Spezialkartons drang aus vielen kleinen Schnäbeln das Gepiepse der frisch geschlüpften kleinen Tierchen. Die Bäuerin ließ sich mehrere Kartons öffnen und schien mit dem Inhalt zufrieden zu sein. Unsere beiden Kerle standen staunend dabei, ihr Kummer war verflogen. Urs hatte gleich die Idee, selbst einige Küken kaufen zu wollen. Daraufhin machte der Händler den Vorschlag, lieber einige Entenküken zu nehmen, von denen er auch welche dabei hatte. Er zeigte ihnen einen Karton mit Entenküken, die den beiden noch besser gefielen als die Hühnerküken. Wir kamen schließlich mit ihnen überein, dass jeder zwei kleine Entlein haben sollte. Die meisten hatten einen schönen, reinen hellgelben Flaum, einige davon kleine dunkle Streifen. Es waren aber auch schwarze Exemplare mit hellen Tupfen darunter. Urs nahm zwei Helle, Christian ein Schwarzes und ein Helles. Ich glaube, jedes Entlein kostete 50 Pfennige. Die beiden Jungs waren schnell damit einverstanden, mit ihrem Taschengeld selbst dafür aufzukommen. Damit waren auch die wichtigen Eigentumsverhältnisse geklärt. Jeder bekam einen Karton für seine Entlein. Das Entzücken der beiden Jungen war sicher größer als die Freude zu Weihnachten. Jetzt waren sie beschäftigt, schließlich mussten die Tiere gut versorgt werden, weshalb sie sich diesbezüglich Rat bei der Bäuerin holten.

Die erste Aktion bestand darin, dass ein kleines Gatter, etwa zwei mal zwei Meter groß, auf der Wiese hinter dem Stall hergerichtet werden musste. Das Material, das die Jungen dafür benötigten, beschaffte ihnen der Bauer selbst. Für das Nachtquartier der vier süßen Piepser machte der Bauer eine kleine geschützte Ecke im Stall frei, was nicht so ganz im Sinne der Jungen war. Sie hätten die Küken am liebsten mit ins Bett genommen.

Die nächsten zwei Tage hatten Christian und Urs nur Zeit für die Versorgung ihrer kleinen Lieblinge, obwohl diese auch ohne menschliche Hilfe ausgekommen wären. Dann fiel ihnen ein, dass sich Enten gerne im Wasser aufhalten. Das war auch kein Problem, denn unweit vom Bauernhof befand sich der Feuerlöschteich der Gemeinde, der von den kleinen Kindern des Dorfes auch zum Baden benutzt wurde. Also packten sie die kleinen Tierchen in die Kartons und liefen dorthin. Sie brauchten den kleinen Tierchen das Schwimmen nicht beizubringen. Kaum waren die vier auf dem Wasser, schwammen sie wie gelernt munter hin und her. Bloß mit dem Untertauchen klappte es noch nicht so richtig. Unsere beiden Jungen waren richtig glücklich. So etwas hätten sie zu Hause nie erlebt. Da das Wasser im Feuerlöschteich nur sehr flach war, hatten sie keine Mühe, die Entchen nach dem ersten Probeschwimmen wieder einzusammeln.

Auch die nächsten Tage waren sie hauptsächlich mit ihren Enten beschäftigt. Es war nicht leicht, sie für etwas anderes zu interessieren. Lediglich eine Bootsfahrt, zwei Wanderungen und eine Fahrt nach Bamberg konnten wir ihnen abringen.

Als sich unser Urlaub dem Ende näherte, zeichneten sich jedoch erhebliche Differenzen zwischen den Jungen und uns ab, was die Zukunft der Entchen betraf. Für sie war es keine Frage, was mit den Entchen bei der Heimreise geschehen sollte: Sie gehörten zu ihnen und mussten mit nach Hause. Weiter dachten die beiden offenbar nicht. Meiner Frau und mir graute vor dem Reisetag. Wie sollten wir sie davon überzeugen, dass wir die Tiere zurücklassen müssen? Sollten wir uns mit einer Notlüge helfen? Konnte uns nicht die Bäuerin beistehen? Das Dilemma, in dem wir uns befanden, dauerte bis zur letzten Stunde an.

Nach Absprache mit der Bäuerin erklärten wir den beiden Jungs schließlich, dass die empfindlichen kleinen Vögel, deren feiner Flaum sich schon verändert hatte, die lange Reise möglicherweise nicht gut überstehen würden. Daher sollten sie auf dem Hof zurückgelassen und im nächsten Jahr abgeholt werden. Indes hatten die beiden Jungen ihre Entchen schon für die Reise in die Kartons getan. Schweren Herzens und unter Tränen fanden sie sich dann doch mit unserer Notlüge ab.

Die Rückfahrt verlief auffällig ruhig, wir nahmen die beiden im Auto kaum wahr. Sie brauchten wohl Zeit, den Schmerz zu verwinden. Natürlich vertrieb der Alltag mit seinen Schulpflichten und Schülersorgen allmählich den großen Entenkummer. Im Jahr darauf waren sie nicht mehr um das Schicksal der kleinen Tiere besorgt.

Aber noch heute denken sie gelegentlich an den »Enten-Urlaub« in den Haßbergen bei Schneiders.

5. Urlaub am Ammersee

Dieser Urlaub sollte ganz anders werden als in den Jahren davor. Wir wollten diesmal nicht nur Bergwanderungen und Museumsbesichtigungen unternehmen, sondern endlich auch mal Schwimmen und Paddeln. Wir, das waren meine Frau, unser zwölfjähriger Sohn Christian und ich. Nachdem wir uns in Reiseprospekten über mögliche Urlaubsorte informiert hatten, entschieden wir uns für Utting am Ammersee. Ich bemühte mich schon rechtzeitig um eine Urlaubsunterkunft in einer Pension. Unseren Urlaub hatten wir für Ende Juli bis Mitte August geplant, also in der Hochsommerzeit. Was wir bis dahin allerdings noch nicht hatten, aber unserer Ansicht nach unbedingt brauchten, war ein Schlauchboot für drei bis vier Personen. Nach Prüfung der einschlägigen Fachgeschäfte kauften wir schließlich ein Markenboot, das nicht gerade billig war.

Wir hatten die Reise gut vorbereitet. Die Fahrtroute in das Voralpengebiet war mir bereits von mehreren dienstlichen Reisen bekannt, die ich mit dem Pkw nach München unternommen hatte. Schon in der Frühe fuhren wir los, weil wir schnell am Ziel sein wollten. Die Fahrt verlief ohne Komplikationen. Autofahren war damals, 1973, noch eine Freude – kein Vergleich mit den heutigen Zuständen auf den Straßen. Wir hielten unterwegs nur eine kurze Rast, denn wir konnten es nicht abwarten, endlich Utting zu erreichen.

An unserem Urlaubsziel angekommen waren wir mit der Unterkunft und den Vermietern sehr zufrieden. Das

Auspacken und Einräumen ging flott, sodass wir uns noch am selben Tag im Ort und auch am See umsehen konnten. Von den kleinen Badebuchten in Ortsnähe gefiel uns eine besonders gut, die wir sogleich als Lagerplatz für unsere Ferienzeit wählten. Dort war es ruhig und es gab sowohl schattige als auch sonnige Plätze.

Am nächsten Tag brachen wir gleich nach dem Frühstück mit dem verpackten Schlauchboot, unserem Badezeug und etwas Proviant auf, um uns an dem ausgesuchten Platz niederzulassen. In der Nähe unseres Lagers waren nur wenige Leute, was sehr angenehm war. Nachdem wir das Boot hergerichtet hatten, tauften wir es auf den Namen »Wasserfloh« und ließen es zu Wasser. Unsere Badebucht hatte einen flachen Kieselstrand, der auch für Kinder geeignet war. Weil sich meine Frau nicht mit ins Boot traute, probierten Christian und ich es ohne sie aus. Da wir uns gleich sicher fühlten und auch gute Schwimmer waren, paddelten wir bei ruhiger See gleich ziemlich weit hinaus. Wir waren glücklich, uns den Bootswunsch erfüllt zu haben.

So verbrachten wir die ersten Tage bei schönstem Urlaubswetter mit Schwimmen, Paddeln, Lesen und Unterhaltung. Paddeln und Schwimmen traute sich meine Frau leider nicht zu, denn sie hatte nie schwimmen gelernt und sie ließ es sich auch nicht beibringen. Auch behutsames Zureden half hier nichts. So ging sie nur wie die kleinen Kinder im knietiefen Wasser hin und her. Christian und ich dagegen hielten uns oft im Wasser auf und verharrten so lange, bis uns die noch niedrige Wassertemperatur zu viel wurde.

Zur Abwechslung unternahmen wir in den nächsten

Tagen kleine Wanderungen, unter anderem eine nach Dießen und nach Andechs, um das berühmte Kloster zu besichtigen. Mir war bekannt, dass die Mönche dort ein gutes dunkles Bier brauten, welches ich natürlich unbedingt probieren wollte.

Als wir durch Dießen schlenderten, fiel uns ein Schaufenster mit Zinnfiguren auf. Da wir uns für historische Zinnfiguren sehr interessierten, informierten wir uns in dem Geschäft über deren Herkunft. Wir erfuhren, dass sie aus der eigenen Werkstatt stammten. Es wurde uns sogar gestattet, den kleinen Betrieb zu besichtigen. Das große Sortiment, das dort gefertigt wurde, bestand aus Figuren verschiedener Größe, sowohl von plastischer als auch von flacher Art. Auch Figuren, die sich zum Aufhängen eigneten, waren hier zu sehen. Erstaunt waren wir allerdings über die präzise Verarbeitung. Das feine Bemalen führten die Frauen aus, das Zinngießen in Modeln und das Entgraten war Sache der Männer. Natürlich beschlossen wir sogleich, einige Figurensätze zu kaufen, um das Zinngießen selbst einmal auszuprobieren. Auf meine Frage, ob ich einige Model erwerben könne, bekam ich jedoch nicht sofort eine Antwort. Zuerst musste eine Absprache zwischen der Chefin und dem Werkstattleiter erfolgen. Daraufhin überließen sie uns zwei Model, für die sie aber nichts verlangten. Darüber war ich sehr erstaunt. Als ich mir die Gussformen in der Pension genauer anschaute, sah ich allerdings, dass sie kleine Schäden aufwiesen, die bei der Figurenherstellung entstanden waren. Wir konnten sie zwar noch verwenden, brauchten aber mehr Zeit beim Entgraten.

Wir setzten unsere Ortsbesichtigung in Dießen fort. Für das großzügig angelegte Strandbad interessierten wir uns jedoch weniger, unter anderem weil sich dort sehr viele Badegäste einfanden. Demgegenüber gefielen uns die eher stillen, kleinen Badeflecken bei Utting am See besser. Am Strandbadeingang von Dießen entdeckten wir ein Plakat, das auf das jährlich stattfindende Ammersee-Volksschwimmen aufmerksam machte. Die Route sollte vom Strandbad Dießen bis zum Strandbad Herrsching führen. Das interessierte uns natürlich sehr!

Das Volksschwimmen sollte zwei Tage vor unserer Abreise an einem Sonntag stattfinden. Wer teilnehmen wollte, musste sich vorher anmelden, die Teilnahme kostete drei Mark pro Schwimmer. Wir überlegten nicht lange und meldeten uns gleich an. Dabei erfuhren wir auch, dass das Volksschwimmen vom örtlichen Schwimmverein und der DLRG (Deutsche Lebens-Rettungs-Gesellschaft) gut organisiert sei. Die Veranstaltung gehörte zum jährlichen Sommerprogramm der Gemeinde Dießen.

Die wenigen Tage bis zu dem erwarteten Schwimmereignis vergingen schnell. Noch hielt das schöne Wetter an, aber am Samstag zogen bereits dunkle Wolken auf und die Temperatur sank deutlich ab. Als wir uns dann am Sonntag auf den Weg zum Dießener Strandbad machten, wurden wir von heftigen Böen überrascht. Wir sahen, dass sich bereits eine große Menschenmenge dort eingefunden hatte. Erwartungsgemäß waren die jungen Männer am stärksten vertreten, sicher waren die meisten von ihnen routinierte Schwimmer. Es waren aber auch mehrere junge Frauen und Männer mittleren Alters unter den Teilnehmern.

Der Start war auf elf Uhr angesetzt, unterdessen hatte sich das Wetter aber nicht gebessert, die Dünung hatte sich sogar noch verstärkt. Schließlich wurden die Teilnehmer per Lautsprecher darüber informiert, dass der Start eventuell verschoben werden müsse. So warteten wir noch einige Zeit, bis die roten Ufer-Warnblinkfeuer aussetzten. Die Organisatoren entschlossen sich nun, den Start freizugeben. Unsere Begeisterung war allerdings nicht mehr so groß wie noch vor einigen Tagen.

Der Startschuss fiel und die ganze Meute von etwa 200 Schwimmern stürzte sich ins Wasser. Das Wasser war kalt und der Wellengang noch immer hoch. Christian, der ein geübter Schwimmer war, und ich blieben zunächst beisammen. Am Anfang befanden wir uns in der Mitte des großen Schwimmerfeldes. Links, rechts und hinter uns fuhren die Rettungsboote der DLRG und des DRK. Die starken Wellen machten uns zu schaffen, aber noch glaubte ich, mit Christian das Ziel, das Strandbad in Herrsching am gegenüberliegenden Ufer, zu erreichen. Bis dahin waren es aber schätzungsweise mindestens noch zwei Kilometer. Das Schwimmerfeld wurde lang und länger, als wir etwa den ersten Kilometer geschafft hatten, waren einige Schwimmer schon weit voraus.

Das Wasser wurde zur Mitte des Sees hin immer kälter, vielleicht hatte es jetzt nur noch 16 Grad. Dass der Ammersee ein tiefes Gewässer ist, das sich nur langsam bei anhaltend hoher Temperatur erwärmt, hatte ich schon nach den ersten Badetagen festgestellt. Das kalte Wasser und der unerwartet hohe Wellengang machten mir nun doch zu schaffen. Trotzdem konnte ich fast bis zur Mitte des Sees durchhalten, es war aber eine ungewohnte Kraftanstrengung. Obwohl ich das Tempo verlangsamte, verspürte ich erste Anzeichen eines Muskelkrampfes im rechten Bein. Ich versuchte auf der Stelle, die Schmerzen mit Massieren zu unterdrücken. Dies bewirkte allerdings nichts, und Christian sah nun, dass ich nicht vom Fleck kam. Ich rief ihm zu, er solle mich zurücklassen und weiterschwimmen, aber noch gab ich nicht auf. Ich glaubte, dass ich nur die sehr kalte Mitte des Sees bewältigen müsste, um mit der schlimmen Behinderung fertig zu werden. Der Krampf wurde jedoch stärker, sodass ich gar nicht mehr von der Stelle kam. Mittlerweile befand ich mich unter den letzten Schwimmern. Ich versuchte schließlich nur, mit den Armen voranzukommen, was aber wegen des starken Wellengangs nichts brachte. Jetzt wusste ich, dass ich aufgeben musste. Dieses Eingeständnis war schlimmer als der Muskelkrampf. Christian hatte inzwischen gut aufgeholt. Er hatte etwa nur noch das letzte Viertel der Strecke vor sich. Die Ersten waren schon nahe am Herrschinger Ufer angekommen.

Es half nichts, ich musste mich bei dem nächsten Rettungsboot bemerkbar machen, das sofort auf mich zusteuerte. Sie zogen mich aus dem Wasser und wickelten mich in eine Decke. Das war ein schmerzlicher Augenblick für mich. Die Rettungshelfer hatten vorher schon drei Schwimmer, zwei Männer und eine Frau, alle mittleren Alters, aufgefischt. Aber das war kein Trost für mich.

Als die Schwimmer und die Boote das Herrschinger Strandbad erreicht hatten, wurden alle Teilnehmer betreut. Dann ging es mit den bereitgestellten Bussen zurück zum Dießener Strandbad. Dort wartete bereits ein kleiner Imbiss, und die erfolgreichen Teilnehmer, darunter auch Christian, erhielten Urkunden.

Der Muskelkrampf, der über meinen Ehrgeiz gesiegt hatte, ließ allmählich nach, sodass wir bald nach Utting zurückfahren konnten. Der Stachel, versagt zu haben, hat mir jedoch noch lange zu schaffen gemacht. Ich habe auch nie mehr an einem Volksschwimmen dieser Art teilgenommen. Aber wo gab es das auch sonst? In Dießen jedenfalls wird es wohl auch in den Folgejahren das Ammersee-Volksschwimmen gegeben haben.

6. Zinnfiguren

Das Lichtenberger Schloss im Odenwald beherbergt ein Museum mit einer großen Zinnfiguren-Abteilung. Nach unserem dortigen Besuch waren Christian und ich von diesen kleinen Kunstwerken hellauf begeistert. Schon zuvor interessierten wir uns sehr für die Herstellung von Zinnfiguren, denn bereits während unseres Ammersee-Urlaubs 1973 hatten wir uns vorgenommen, historische Figuren in kleinem Rahmen selbst herzustellen. Nun beschossen wir, dieses Vorhaben endlich in die Tat umzusetzen.

Wir beschafften uns spezielle Literatur zu diesem Thema, sodass wir bald über die Einzelheiten der Herstellung, der Zinnlegierung sowie über die benötigten Werkzeuge und Model informiert waren. Nachdem wir alles Notwendige beschafft hatten, richteten wir uns in der Bodenkammer für die Fertigung ein. Das Werkstattpersonal bestand aus zwei Personen: Christian und mir. Die Investitionen waren erschwinglich. Schwierig war es eigentlich nur, an gute Model zu kommen, was wir aber schließlich auch schafften.

Wir legten uns zunächst auf rund 40 verschiedene historische und einige andere Figuren fest und begannen mit den einfachsten. Das Gießen war am Anfang schwierig, aber bald klappte es einwandfrei. Wir beide hatten uns eine vernünftige Arbeitsteilung vorgenommen, ich konnte dabei von meinen früheren REFA-Studien profitieren. Das Bemalen der vier bis sieben Zentimeter hohen plastischen Figuren erforderte allerhöchste Sorgfalt, denn es mussten winzige Details mit Spezialpinseln möglichst maßstabsgerecht aufgebracht werden. Dazu bedurfte es einer ruhigen Hand. Zum Bemalen brauchten wir viel Zeit, weil jeweils immer nur eine Farbe aufgetragen werden konnte. Das Entgraten war dagegen ein einfacher Arbeitsvorgang. Wir gaben uns größte Mühe, denn die Figuren sollten historisch korrekt ausfallen und auch kritischen Betrachtern zusagen.

Mit dem Fortgang der Arbeiten gewannen wir mehr und mehr Freude an unseren »Geschöpfen«. Bald hatten wir eine stattliche Anzahl von Soldaten aus der friderizianischen Zeit und lustige Handwerkerfiguren fertig. Über viele Monate hatten wir unsere freie Zeit nur mit den Arbeiten in der Bodenkammer zugebracht, aber es war die Mühe wert.

Eines Tages kam uns der Gedanke, einen Teil unseres Bestandes zu verkaufen und den Erlös unter anderem der »Aktion Sorgenkind« zukommen zu lassen. So stellten wir uns an mehreren Wochenenden mit einem kleinen Tisch und ausgewählten Figuren in den Fußgängerzonen verschiedener Städte auf. Einen Gewerbeschein hatten wir natürlich nicht. Fatal war jedoch, dass uns unsere Standplätze wiederholt von Geschäftsleuten streitig gemacht wurden. Einige drohten sogar, uns anzuzeigen.

Das Interesse der Passanten an unseren Figuren war unterschiedlich. Einige Leute waren begeistert, die meisten interessierten sich aber nicht dafür. Dabei hatten wir die schönsten Figuren gut sichtbar vorn auf dem Tisch platziert. Den besten Absatz hatten wir am Weißen Turm in Darmstadt. Dagegen fanden wir in Michelstadt im Odenwald fast keinen Zuspruch, obwohl man uns in der Fußgängerzone nicht übersehen konnte.

Unsere Einnahmen beliefen sich bei den Verkaufsaktionen in den Fußgängerzonen immerhin auf rund 350 Mark, die wir an zwei Hilfsorganisationen überwiesen. Ich hatte allerdings mit einem etwas größeren Betrag gerechnet. Unsere Zinnfiguren-Begeisterung ließ daraufhin etwas nach, aber wir stellten unsere Arbeit nicht sofort ein.

1975 verbrachten wir drei Wochen der Sommerferien in einer Ferienwohnung in einem Dorf am Wallersee in der Nähe von Salzburg. Vorsorglich hatten wir uns darauf eingestellt, bei schlechtem Wetter vorgefertigte Zinnfiguren zu bemalen. So konnten wir uns bei Regenwetter gut beschäftigen.

Bei einem Besuch in Salzburg entdeckten wir in der Innenstadt einen Souvenirladen, in dessen Auslagen auch Zinnfiguren standen. Diese sahen jedoch miserabel aus, und da die Preisangaben fehlten, gingen wir in den Laden, um uns zu erkundigen. Die Verkäuferin, die sich später als Chefin vorstellte, musterte uns zunächst, bevor sie die Preise einzelner Figuren nannte. Sie hatte wohl unterstellt, dass wir mit Kaufabsichten kamen. In Anbetracht der schlechten Qualität schienen uns die genannten Preise jedoch viel zu hoch. Deshalb erklärten wir der Verkäuferin, dass die Preise in keiner Weise gerechtfertigt seien. Wir fügten hinzu, dass wir in der Zinnfigurenherstellung selbst Erfahrung hätten. Daraufhin fragte sie uns, ob wir ihr schöne neue Figuren in größerer Zahl beschaffen könnten und ob sie uns einen derartigen Auftrag erteilen könne. Wir waren etwas überrascht, bejahten jedoch sogleich. Sie erklärte, dass sie das Geschäft am nächsten Tag mit uns genauer besprechen und möglichst abschließen wolle.

So geschah es dann auch. Am darauffolgenden Tag legten wir ihr einige Musterexemplare vor. Schließlich gab sie uns eine Aufstellung über ihren Bedarf und wir setzten die ausgehandelten Einzelpreise ein. Die Bestellung belief sich auf rund 300 Figuren, was einen Gesamtpreis von rund 2.000 Mark ergab. Für uns war das fast eine utopische Zahl. Eigentlich hatten wir ja gar nicht vor, ein Zinnfigurengeschäft zu betreiben, durch unsere Begeisterung waren wir allerdings so in Fahrt gekommen, dass wir fast auf ein falsches Gleis gerieten.

Der Auftrag schloss auf Wunsch der Dame die Restaurierung ihrer lädierten Zinnfiguren mit ein, die sie uns sogleich übergab. Sie bestand auf Lieferung innerhalb von vier bis sechs Wochen. Offensichtlich wollte sie noch während der laufenden Saison das große Geschäft damit machen. Obwohl uns dabei nicht gut zumute war, nahmen wir den Auftrag an und rückten mit gemischten Gefühlen ab. Es war unser erster kommerzieller Auftrag; es blieb jedoch auch der einzige.

Da wir nicht über große Bestände verfügten, setzten wir uns auf den Hosenboden und schufen bei fast täglicher Arbeit von abends sechs bis zehn Uhr die verlangten Figuren nach Art und Anzahl. Sie wurden sorgfältig verpackt und über den Zoll zur Post gebracht. Die spezifizierte Rechnung war dem Paket beigelegt.

Wir waren heilfroh, den Auftrag prompt und handwerklich ordentlich ausgeführt zu haben. Es war eine richtige Vorzeigearbeit geworden. Als Zahlungsfrist waren vier Wochen nach Eingang der Figuren vereinbart worden. Das hatten wir zuvor schriftlich festgelegt. Nun überlegten wir uns, was wir wohl mit dem vielen Geld machen wollten, das wir bald haben würden.

Nach fünf Wochen war auf meinem Konto jedoch noch keine Zahlung eingegangen. Wir hielten eine kurze Verzögerung von ein bis zwei Wochen für erklärlich. Nachdem allerdings über zwei Monate vergangen waren, versuchte ich, die Geschäftspartnerin in Salzburg telefonisch zu erreichen, was damals eine kostspielige Sache war. Am Telefon meldete sich ein Mann, der von dem Auftrag angeblich gar nichts wusste. Er versprach, unser Anliegen weiterzugeben. Es geschah aber nichts. So oft wir es auch versuchten, die Geschäftsinhaberin war telefonisch einfach nicht zu erreichen. Auch die schriftlichen Mahnungen blieben unbeantwortet.

Nach einem halben Jahr wandten wir uns an die Deutsche Handelskammer in Salzburg, von der wir erfuhren, dass die Firma zahlungsunfähig sei und mehrere Gläubiger seit Langem auf ihr Geld warteten. Ein Insolvenzverfahren sei von dem zuständigen Gericht schon vor Monaten eingeleitet worden. Dies verhieß uns wenig Hoffnung, dennoch schickten wir der Kammer die gewünschten Papiere.

Es verging mehr als ein Jahr, in dem wir uns über das ausstehende Geld keine Gedanken mehr machten. Wir hatten uns damit abgefunden, wohl einer Betrügerin auf den Leim gegangen zu sein. Doch dann erhielten wir unerwartet Post von der Deutschen Handelskammer in Salzburg. In dem Schreiben wurde uns mitgeteilt, dass wir an erster Stelle der Gläubiger standen und unsere

Forderungen befriedigt werden sollten. Zugleich wurde uns ein Scheck in der Höhe unserer berechtigten Forderung in Aussicht gestellt, der auch schon wenige Tage danach bei uns ankam. Das war wie ein warmer Regen, geglaubt hatten wir daran nämlich nicht mehr.

Und was geschah schließlich mit dem Geld? Wir blieben bei unserer Absicht und spendeten die Summe bis auf 400 Mark an mehrere Hilfsorganisationen.

Die Herstellung der Zinnfiguren haben wir nach etwa drei Jahren vollständig eingestellt und die vorhandenen Bestände sowie das Gerät an interessierte Kinder verschenkt. Einige der besonders schönen Figuren habe ich natürlich behalten.

7. Falsche Verbindungen

In meinem Sommerurlaub 1987 wollte ich das Dachsteingebiet und die Radstädter Tauern kennenlernen. Für die Unterkunft hatte ich eine kleine Pension in Radstadt ausgemacht. Dort mietete ich ein kleines gemütliches Zimmer ohne Komfort, das mir aber ausreichte. Schließlich wollte ich die Urlaubstage überwiegend in den Bergen zubringen. Außerdem hatte ich noch die Absicht, wenigstens einmal mit der Murtalbahn, eine Kleinbahn, die regelmäßig Betrieb machte, zu fahren. Nebenbahnen mit historischen Lokomotiven und Personenwagen interessierten mich schon immer sehr.

Mein erstes Wanderziel war natürlich der Rossbrand, der knapp 1.800 Meter hoch ist. Auch im Dachsteingebiet machte ich bald mehrere Wanderungen, so zum Beispiel über Ramsau zur Türlwandhütte.

Während meiner ersten Urlaubstage waren außer mir nur vier weitere Gäste in der Pension einquartiert. Am Ende meiner ersten Urlaubswoche kam ein neuer Gast an. Es war eine ansehnliche, wenn auch nicht gerade schöne Frau in meinem Alter, also etwa Anfang 60. Unter den wenigen Gästen des Hauses war ich bis dahin der einzige Einzelgänger. Zu ihrem ersten Frühstück saß die Dame noch allein an einem Tisch. Am nächsten Morgen schaute sie sich kurz um und steuerte dann geraden Weges auf mich zu. Dann fragte sie, ob sie an meinem Tisch Platz nehmen dürfe, was ich natürlich nicht ablehnen konnte, obwohl ich mein Frühstück lieber allein zu mir genommen hätte. Sie stellte sich vor und ich tat das Gleiche. Ich brauchte nicht lange, um zu bemerken, dass meine Tischnachbarin einen Gesprächspartner benötigte. Da sie offenbar keine Vorstellungen über ihren Urlaubsverlauf hatte, fragte sie mich, ob sie sich mir anschließen könne. Ich antwortete ihr, dass das wohl gehen würde, allerdings würde ich meist mehrstündige Bergwanderungen unternehmen. An diesem Tag wollte ich noch einmal, aber auf einem anderen Weg, auf den Radstädter Hausberg, den Rossbrand. Sie sagte daraufhin, sie traue sich auch eine mehrstündige Bergtour zu, und so verabredeten wir uns, den Tag gemeinsam zu verbringen.

Eine halbe Stunde später brachen wir auf. Sie trug eine zünftige Wanderkleidung: Kniebundhosen, Pullover, Bergschuhe und rote Socken. In diesem Aufzug machte sie einen sportlichen Eindruck. Proviant hatten wir nicht mitgenommen, deshalb legten wir auf halber Strecke bei der Bürgerbergalm eine kleine Rast ein. In der Hütte bot uns die alte Sennerin Milch und ein Käsebrot an. Nachdem wir uns gestärkt hatten, ging es ohne wesentliche Unterbrechungen weiter. Meine Begleiterin ging voraus, weil sie das Tempo bestimmen sollte. Der Weg war nicht besonders anstrengend. Bald fiel mir allerdings auf, dass sie an den Unterschenkeln Krampfadern hatte, weshalb sie besser Kniestrümpfe hätte tragen sollen. Erstaunlicherweise war meine Gefährtin, obwohl es ihre erste Tour war, gut zu Fuß. Erst oben auf der Radstädter Hütte musste sie verschnaufen.

Obwohl sich der Rossbrand nicht mit den großen Alpengipfeln messen kann, genossen wir einen herrlichen Rundblick über die Tauern, das Tennengebirge und das

Dachsteinmassiv. In der Radstädter Hütte nahmen wir eine einfache, aber sehr schmackhafte Suppenmahlzeit zu uns. Für den Rückweg wählten wir die Tour über Rohrmöbs. Wir ließen uns Zeit, denn bis zum Abendbrot hatten wir noch zwei Stunden. Ich deutete meiner Wandergenossin an, dass ich am nächsten Tag mit der Bahn nach Salzburg fahren wolle. Sie bat mich ohne Zögern, mitfahren zu dürfen. Das konnte ich schließlich auch nicht ablehnen.

In den wenigen Stunden unserer Bekanntschaft erfuhr ich fast alles aus ihrem Leben. Sie war geschieden und hatte einen erwachsenen Sohn, den sie abgöttisch liebte. Des Weiteren arbeitete sie in einem Büro und lebte allein, hatte aber angeblich viele Interessen.

Am nächsten Tag war sie pünktlich zur verabredeten Zeit zur Stelle. Die Bahnfahrt nach Salzburg war nicht langweilig, was sowohl die Unterhaltung als auch die Fahrtstrecke betraf. Salzburg war für mich keine fremde Stadt mehr. Ich hatte mir vorgenommen, mehrere historische Bauwerke anzusehen, ein bestimmtes Geschäft aufzusuchen und ausnahmsweise mal üppig zu speisen. Meine Begleiterin hatte keine besonderen Wünsche und war offenbar froh, in Gesellschaft zu sein. Zuerst sahen wir uns in der Altstadt Mozarts Geburtshaus an, dann die erzbischöfliche Residenz und schließlich den Dom. Mit dem Mirabellgarten jenseits der Salzach schlossen wir unser Besichtigungsprogramm ab. Das Geschäft für Modellbahn-Zubehör, in dem ich mich unbedingt umsehen wollte, suchten wir erst nach der opulenten Mahlzeit in einer feinen Gaststätte am Getreidemarkt auf.

Für die Rückfahrt nach Radstadt hatten wir uns auf

eine Verbindung am Spätnachmittag eingestellt. Als wir am Bahnhof ankamen, brauchten wir nicht lange auf den Zug in Richtung Villach zu warten. Während der Fahrt gab es natürlich noch viel zu erzählen. Salzburg war für meine Begleiterin ein schönes Erlebnis, aber auch mir hatte der Tag gut gefallen.

Als wir eine gute Strecke gefahren waren, bekamen wir jedoch den Eindruck, im falschen Zug zu sitzen. Wir fuhren schon im Achetal entlang und passierten gleich Dorfgastein. Erschreckt sprangen wir auf und entschlossen uns dann, beim nächsten Halt auszusteigen. Als der Zug hielt, befanden wir uns in Bad Gastein. Wir waren also weit über den richtigen Umsteigebahnhof Bischofshofen hinaus gefahren.

Von dem Stationsvorsteher erfuhren wir zu unserem Leidwesen, dass es um diese Uhrzeit keine Verbindung mehr nach Radstadt gäbe. Er schlug uns vor, doch einfach am nächsten Morgen eine Zugverbindung in die gewünschte Richtung zu nehmen, ein gutes Hotel sei gleich gegenüber. Er hielt uns wahrscheinlich für ein Ehepaar. Was sollte er auch sonst von uns soliden Leuten denken?

Nein, das war keine gute Lösung, denn auf eine Hotelübernachtung waren wir beide nicht eingestellt. Der Bahnbeamte meinte, er könne uns sonst nicht helfen. Er ließ uns stehen und verschwand im Bahnhof.

Nach einer Weile kam er jedoch mit strahlendem Gesicht wieder heraus. Er hatte eine verblüffende Lösung gefunden, die uns wie ein kleines Wunder vorkam. So erklärte er uns, dass in einigen Minuten ein Güterzug aus Villach kommen würde. Er hätte den Lokführer per

Funk darum gebeten, uns mitzunehmen. Deshalb würde der Güterzug ausnahmsweise hier in Bad Gastein halten.

Ich traute meinen Ohren nicht, weil ich so etwas bei der Deutschen Bahn nicht für möglich gehalten hätte. Alles verlief aber genau so, wie es uns der Stationsvorsteher ankündigte. Bald sahen wir in der Ferne einen langen Güterzug herannahen, voran eine schwere Diesellok. Wir waren ganz aufgeregt, als der lange Zug tatsächlich mit quietschenden Bremsen anhielt. Der Lokführer und der Stationsvorsteher wechselten nur einige Worte miteinander, dann stiegen wir in die riesige Lok. Wir brauchten dem sympathischen Lokführer nicht viel von unserem Missgeschick zu erzählen, das hatte der Stationsvorsteher vorher schon erledigt. Im Führerstand war es allerdings sehr eng, immer wenn wir an Bahnhöfen vorbeifuhren, mussten wir uns ducken, damit wir nicht gesehen werden konnten.

Der Güterzug hatte den nächsten Regelhalt erst in Salzburg. Da wir in Bischofshofen Anschluss nach Radstadt hatten, musste der Lokführer ein zweites Mal unerlaubt halten. Offenbar war ihm das aber zeitlich möglich. Wir konnten uns beim Abschied in Bischofshofen noch nicht einmal richtig bedanken. Mit unserer Verbindung nach Radstadt klappte es dann am Abend tatsächlich noch und wir kamen wohlbehalten in unserer Unterkunft an. Das war für mich ein Erlebnis wirklich besonderer Art.

Ich hatte noch vier Urlaubstage vor mir. Am nächsten und auch am übernächsten Tag hatte ich jedoch keine Ruhe vor meiner neuen Bekannten, denn sie brauchte offenbar einen ständigen Begleiter. Es war jedoch nicht in meinem Sinn, den Rest meines Urlaubs mit ihr zu verbringen. Ich entschloss mich daher, meinen Aufenthalt in Radstadt abzubrechen, womit die Pensionswirtin auch einverstanden war. Meine Begleiterin jedoch war von meinem Entschluss sehr überrascht. Obwohl sie sich um gutes Aussehen und gescheites Reden bemühte, konnte ich mich für sie nicht erwärmen. Meine Begründung, noch anderswo Station machen zu wollen, nahm sie mir wohl nicht ab. Sie wünschte sich aber, brieflich mit mir in Kontakt zu bleiben, weshalb sie mir ihre Postadresse hinterließ.

Die Menschen sind eben sehr verschieden. Nicht jeder hat das richtige Gespür.

8. Die Zeit des Ruhestandes

Als ich 1984 mit 63 Jahren in den Ruhestand ging, war ich noch rüstig und vital. Die ersten Anzeichen körperlicher Beschwerden machten mir keine großen Sorgen. Es war die Wirbelsäule, die manchmal stechende Schmerzen verursachte.

Der jüngere meiner beiden Söhne, den ich über viele Jahre allein zu versorgen hatte, brauchte während seines Studiums noch gelegentlich Rat und Hilfe. Abgesehen davon hatte ich aber nun viel freie Zeit, sodass ich überlegte, wie ich sie sinnvoll nutzen konnte. In den ersten Monaten war ich viel mit dem Rad oder mit der Bahn unterwegs, meistens allein. Ich nahm mir Ausflugsziele vor, die ich früher, als ich mit den Kindern unterwegs war, nicht aufsuchen konnte. Damals beschränkten sich die größeren gemeinsamen Touren mit den beiden Söhnen oder den Enkelkindern auf die Schulferien.

Meine Reise- und Wandertätigkeit befriedigte mich jedoch auf die Dauer nicht.

Da meine beiden Söhne oft musizierten, reizte es mich, musikalisch Versäumtes nachzuholen. Ich nahm deshalb noch Unterricht im Mandolinenspiel. Als ich mich sicher genug fühlte, spielte ich hin und wieder mit der Flöte oder der Mandoline mit der jungen Familie meines Sohnes auch bei öffentlichen Konzerten.

Als Frühaufsteher, der ich immer war und auch heute noch bin, hatte ich stets einen langen Tag. So kam mir in den Sinn, dass man mich vielleicht irgendwo im Sozialdienst als ehrenamtlichen Helfer brauchen könnte. Also erkundigte ich mich beim Sozialamt und erfuhr, dass für den Krankenbetreuungsdienst in mehreren Heimen Kräfte benötigt würden. Sogleich meldete ich mich dafür an, ohne zu wissen, wie belastend ein solcher Dienst in Wirklichkeit ist. Vor dem ersten Einsatz gab es eine kurze Einführung im Darmstädter Elisabethenstift. Es fanden sich dazu 24 Frauen ein, die meisten mittleren Alters, und zwei Rentner. Der eine war ich, und der andere wurde nicht mehr gesehen, als wir die Betreuungsstellen zugewiesen bekamen.

Ich hatte eine 80-jährige, leicht verwirrte Frau in einem Dreistufenheim zu betreuen. Sie war liebenswert, unkompliziert und ganz auf Hilfe angewiesen. Jedoch gehörte der Pflegedienst nicht zu meinen Aufgaben, das hätte ich nicht geschafft; ich war für die Altenbetreuung zuständig. Frau Bach, so hieß die Patientin, kam nur sehr selten und dann nur mit großer Anstrengung aus dem Bett. Ich besuchte sie mehrmals in der Woche, außer von mir bekam sie jedoch keinen Besuch. Ihre beiden Söhne und die Enkelkinder machten sich nur durch Ansichtskarten von ihren Reisen im In- und Ausland bemerkbar. Frau Bach zeigte mir die Karten, die meist nur einen kurzen Text hatten, sehr oft. Darunter waren welche aus Teneriffa, aus Kenia, vom Wendelstein und aus Potsdam. Von den beiden Söhnen und den Enkelkindern kam aber keiner zu Besuch.

Frau Bach freute sich besonders, wenn ich sie im Rollstuhl in der Nähe des Heimes ausfuhr. Sie ließ sich auch sehr gern einfache, kleine Geschichten erzählen. Von den Vorgängen in der Welt bekam sie jedoch nichts mit. Ihre Erinnerung an die Vergangenheit beschränkte sich auf wenige familiäre Ereignisse. Das Haus ihrer Familie in Gunzenhausen bei Darmstadt hatten ihre Angehörigen längst verkauft.

Ihre beiden Bettnachbarinnen, die überhaupt nicht das Bett verlassen konnten, betreute ich bald mit. So warteten dann alle drei auf meine Besuche, weil sie sonst kaum Ansprache hatten. Die Schwestern, aber auch die »Zivis« auf diesen Stationen hatten einen schweren Dienst, um den vielen körperlich oder geistig schwer Behinderten zu helfen. Dazu gehört ein großes Maß an innerer Bereitschaft und Energie. Ich habe mich oft gefragt, ob ich das wohl auch könnte, wenn man es von mir verlangen würde. Mein Besuchsdienst zog sich über einige Jahre hin. Während dieser Zeit habe ich auch erkannt, dass es hoch anzuerkennen ist, was die grün und blau gekleideten Damen auf den Krankenstationen und in den Pflegeheimen täglich leisten.

Mittlerweile war ich schon über drei Jahre Ruheständler. Ich fühlte mich noch immer nicht ausgefüllt und glaubte, dass ich vom Leben etwas mehr erwarten dürfte. Auch das Alleinsein behagte mir nicht. Die beiden Söhne hatten nun eine sichere Lebensgrundlage. Weil ich die Musik sehr liebe, allerdings nicht das billige laute Gedudel, meinte ich, meine bescheidenen musikalischen Fertigkeiten noch verbessern zu können. Ich wünschte mir das gesellige Musizieren auf dem Niveau guter Hausmusik. Ich gab also eine Zeitungsannonce auf, um Menschen zu finden, mit denen ich diese Vorstellungen realisieren konnte. Mir schwebten Flötenquartette oder Flötensätze mit Klavier- oder Mandolinenbegleitung vor. Auf meine

Anzeige erhielt ich acht Zuschriften. Eine stammte von einem Ehepaar, sieben von offenbar alleinstehenden Damen. Ich ging natürlich auf jedes erhaltene Schreiben ein. Allerdings war, wie sich nach den einzelnen telefonischen Gesprächen ergab, nur eine Interessentin dabei, die meinen Vorstellungen vom gemeinsamen Musizieren etwa entsprach. Die meisten erwarteten, dass ich ihnen erst mal Flötenunterricht geben sollte. Eine Dame versprach sich meine Hilfe bei der Anschaffung eines Klaviers. Eine andere machte ihre Zusage von der Zustimmung ihrer Freundinnen abhängig. Ich entschloss mich schließlich, einer Klavier spielenden Dame aus dem Odenwald meine konkreten Vorstellungen vom gemeinsamen Musizieren nahezubringen. Ich hatte das Gespräch mit ihr hinausgeschoben, weil ich erst mit den näher wohnenden Damen Klarheit haben wollte.

Wir verabredeten ein Treffen in der Nähe von Bad König. Ich war pünktlich am vereinbarten Treffpunkt und sie erschien auch bald. Offenbar hatte sie mich schon vom nahen Waldrand aus beobachtet. Eigentlich hätte sie von dort aus auch ungesehen den »Rückzug« antreten können, ohne mich anzusprechen, aber sie kam mit ihrem schönen, großen Hund näher. Da sonst kein Mensch zu sehen war, gingen wir langsam aufeinander zu. Ich hielt mich aufrecht, obwohl mich gerade Kreuzschmerzen plagten. Wir machten uns bekannt und ihr Hund hatte gleich von Anfang an nichts gegen mich. Inwiefern das auch auf die Dame zutraf, spürte ich allerdings noch nicht. Wir überlegten zunächst, wo wir unser Gespräch führen wollten. In der Nähe unseres Treffpunktes hätten wir uns auf eine Bank setzen können, aber sie meinte, ich sollte doch gleich ihr Klavier in Augenschein nehmen. So fuhren wir, jeder in seinem Auto, zu ihr nach Hause. Wir waren beide zuversichtlich und glaubten, dass es mit dem gemeinsamen Musizieren etwas werden könnte.

Ich besuchte sie wenige Tage später wieder und hörte dabei, dass ihr schönes, altes Klavier nicht auf den Kammerton A gestimmt war. Das schloss ein gemeinsames Musizieren mit diesem Klavier aus. Dieses Problem schoben wir bei diesem Treffen aber erst einmal beiseite. Ich hatte ihr diesmal auch eine kleine Aufmerksamkeit mitgebracht, nämlich eine kleine, hübsch verpackte Flasche mit besonderem Inhalt. Es war ein von mir selbst hergestelltes Hausmittel: ein Knoblauch-Extrakt, den ich ihr gleich vorkostete. Sie sollte nicht den Eindruck haben, dass ich sie vergiften wollte.

Als ich ihr als Vorkoster dreist einen zarten Kuss auf den Mund gab, war das wie eine Kostprobe meines Erzeugnisses, mit dem ich schon meine Verwandtschaft reichlich versorgt hatte. Bei allen hatte es guten Anklang gefunden, auch die Art und Weise, wie ich ihnen das Hausmittel schmackhaft machte. Es hatte eben nur den einen Nachteil: Es roch nicht nach Parfüm. Dass es für die Gesundheit förderlich war, wurde aber von niemandem bestritten.

Bei den folgenden Besuchen konnten wir den instrumentalen Schwierigkeiten nicht mehr ausweichen. Es boten sich zwei Möglichkeiten an: Entweder wir kauften uns ein kleines elektronisches Klavier oder sie lernte das Flötenspiel. Wir kauften dann allerdings sowohl ein kleines Klavier als auch eine Flöte. Zunächst verhielt sie sich dem Flötenspiel gegenüber skeptisch, lernte aber dann bald mit Eifer, wobei ihr der Sopranpart besonders lag. So konnten wir beide nach fleißigem Üben in kleineren und größeren Instrumentalgruppen mit unseren Kindern und Freunden gemeinsam musizieren, auch bei öffentlichen Auftritten. Diese schöne Zeit im Ruhestand war wie ein Ausgleich für die vielen Jahre starker seelischer Belastungen. Ich wünschte mir sehr, dass auch meine Enkelkinder sich in ihrem Leben am Musizieren erfreuen würden. Dazu gab es nicht nur Ansätze, sondern auch berechtigte Hoffnungen.

9. Leuteschinder

Meine Partnerin Edelgard und ich hatten uns vorgenommen, im September zwei Wochen Urlaub im Bregenzerwald zu machen. Der Anreisetag verhieß, was das Wetter betraf, allerdings nichts Gutes. Es regnete stundenlang. Als wir uns den Bergen näherten und durch kleine Ortschaften fuhren, versperrte uns eine Herde von Kühen den Weg, die auch ihre »Hinterlassenschaften« auf der Straße platzierten. Der Regen sorgte auf einer langen Strecke für einen schlüpfrigen und stinkenden Straßenbelag, der auch das Räderprofil ausfüllte und den penetranten Geruch noch lange speicherte.

Edelgard hatte uns jedoch dank ihrer Fahrroutine sicher ans Ziel gebracht. Ich hatte als »Navigator« kaum etwas zu tun.

Als wir unseren Urlaubsort, ein kleines, sauberes Bauerndorf, erreicht hatten und uns umsahen, fielen uns gleich die kahlen Berge in der Umgebung auf. Nur hier und da waren kleine dürftige Baumgruppen zu sehen. Der Name der Urlaubsregion »Bregenzerwald« musste wohl aus viel früherer Zeit stammen. Wir waren über den Anblick etwas enttäuscht.

Die Ferienwohnung, die wir gemietet hatten, gefiel uns aber gut, bis auf die Betten, die unkontrollierte Geräusche von sich gaben. Von der Wohnküche und vom Balkon aus hatten wir eine imponierende Sicht. Von dort aus erschien uns die über 2.000 Meter hohe Kanisfluh greifbar nahe zu sein. Dieser gigantische Berg mit seinen schroffen Felsgebilden erstaunte uns jeden Tag aufs Neue. Bezwungen haben wir ihn allerdings nicht, denn so kühne Bergsteiger waren wir nicht. Wohl sind wir aber unten um die Südwand herumgewandert.

Die Lage unserer Ferienwohnung war für uns ein Glücksfall, denn die Bushaltestelle befand sich genau gegenüber. Übrigens waren die Busverbindungen vorzüglich, was den für uns interessanten Umkreis betraf. Unser Auto ließen wir 14 Tage unbeachtet stehen. Wir konnten es auch nicht mehr »riechen«, wie man sich denken kann. Unser Busfahrer Xaver hätte sich wohl auch gewundert, wenn wir einen Tag nicht mit ihm gefahren wären.

Unsere Wanderungen führten zuerst auf die Hochflächen des Bregenzerwaldes, wo schlichte Almhütten standen, und später mehrmals in das Vorarlberg-Gebiet, das den Bregenzerwald an Größe und Höhe weit überragt. Wir teilten uns alle Touren so ein, dass wir immer mehrere Stunden zu Fuß unterwegs waren. Das spätsommerliche Wetter, das uns schon vom zweiten Tag an beglückte, hätte für unsere Wanderungen nicht besser sein können.

Wir machten auch eine Tour nach Lech im Vorarlberg, für die wir ursprünglich einen ganzen Tag eingeplant hatten. Lech gefiel uns allerdings nicht, alles schien äußerlich auf Tourismus eingestellt. Als wir uns um die Mittagszeit nach einer Gaststätte umsahen, mussten wir feststellen, dass alle Gaststätten und Hotels jetzt in der letzten Septemberwoche schon geschlossen hatten. Schließlich fanden wir noch einen Imbissstand mit einem dürftigen Angebot.

Am frühen Nachmittag machten wir uns wieder auf

den Heimweg. Nach einem Marsch von etwa fünf Kilometern hielten wir Rast an einer Bushaltestelle. Dort stellten wir fest, dass die Busse laut Fahrplan in Stundenabständen fuhren. Bis zum nächsten Bus, der talwärts bis Au fahren sollte, war es noch eine halbe Stunde.

Da wir Durst hatten, aber nichts mehr zu trinken, blickten wir uns um. Gegenüber der Haltestelle stand direkt am Steilhang ein schönes kleines Haus, das bewohnt schien. Sonst war weit und breit kein Leben. Wir stiegen den Hang hinab und schauten uns am Hauseingang um. Neben der Haustür stand eine kleine Bank, aber es war niemand zu sehen. Auf unser Rufen hin hörten wir keine Antwort, obwohl die Haustür offen stand. Wir gingen um das Haus herum und erblickten eine Frau mittleren Alters, die mit einem Wäschekorb beschäftigt war. Als sie uns bemerkte, war sie nicht erschrocken, eher erstaunt. Wie konnte sie auch mit fremdem Besuch rechnen?

Wir fanden diese Frau sofort sympathisch. Als wir sie begrüßten, stellte sie sich gleich mit »Anni« vor. In der unteren Tür erschien ein älterer Herr, der uns mürrisch beäugte. Anni, viel jünger als er, war wohl seine Haushälterin. Während Anni gleich freundlich zu uns war, blieb der Alte zunächst kurz angebunden. Wir brachten unseren Wunsch nach einem Glas Wasser vor, den uns die freundliche Anni sofort mit einem Krug Saft erfüllte. So kamen wir ein wenig ins Gespräch, doch dann hängte Anni schnell die Wäsche auf, denn sie hatte noch eine anstrengende Arbeit vor sich. Hinter dem Schuppen am Haus befand sich ein Riesenberg von Holzscheiten, die noch unbedingt im Schuppen gestapelt werden sollten.

Das war offenbar der Brennholzvorrat für eine längere Zeit. Mit der Hilfe des alten Mannes konnte Anni bei körperlichen Anstrengungen wohl nicht rechnen.

Anni sagte, dass es aufgrund des bevorstehenden Mondwechsels unbedingt notwendig sei, das Holz heute noch einzuräumen. Plausible Erklärungen gab sie uns diesbezüglich jedoch nicht. Was sie damit meinte, blieb uns rätselhaft, aber wir ließen sie natürlich in ihrem Glauben. Wir fragten Anni daraufhin, ob wir ihr beim Verstauen des Brennholzes helfen könnten. Es war uns natürlich klar, dass wir dann nicht den nächsten Bus nehmen konnten, aber wir halfen gern. Anni freute sich darüber und brachte zwei große Bügelkörbe für den Transport des Holzes. Nun gingen wir unverzüglich an die Arbeit, an der sich auch der Hausherr nach Kräften beteiligte. Die Arbeitsteilung ergab sich wie von selbst: Edelgard füllte die Körbe, ich trug sie in den Schuppen, lehrte sie aus, Anni und der alte Herr stapelten die Scheite auf. Wir machten zunehmend Tempo, weil wir nicht noch einen Bus ausfallen lassen wollten. Daher nannte uns der Alte, wohl mehr scherzhaft als ernst, »Leuteschinder«. Er war erstaunt, wie schnell die Arbeit voranging, körperlich schien er aber doch überfordert zu sein. Wir hielten durch, bis der große Berg abgetragen und das Holz verstaut war.

Anni, die sehr erfreut über unsere schnelle Hilfe war, versorgte uns dann noch mit einem kleinen Imbiss. Von ihr hörten wir, dass der alte, anfangs unzugängliche Herr früher als Rechtsanwalt in Bezau tätig gewesen sei. Er war einige Jahre jünger als wir beide.

Während der Busfahrt zurück zu unserem Urlaubsort

hatten wir das gute Gefühl, jemandem gern geholfen zu haben. Auf unsere Post mit den schönen Aufnahmen der »Leuteschinder« erhielten wir allerdings weder von der freundlichen Anni noch von dem Rechtsanwalt a. D. eine Antwort.

10. Picknick im Krankenzimmer

Was mir unter anderem an mir selbst nicht gefällt, ist meine sensible Art, meine Empfindlichkeit und meine Ungeduld. Ich vertrage nun einmal keinen Lärm jeglicher Art; auch mit Lügen, Rücksichtslosigkeit, Gleichgültigkeit und ungezogenen Kindern kann ich nur schwer umgehen.

Dies wurde mir besonders deutlich, als ich mal wieder einen Leistenbruch hatte, der so weit fortgeschritten war, dass er ohne Verzögerung operiert werden musste. Damit stand auch ein mehrtägiger Krankenhausaufenthalt an. Bei den vorausgegangenen Leistenbruchoperationen hatte ich mit meinen Zimmernachbarn keine guten Erfahrungen gemacht. Einer hatte bis in die tiefe Nacht den Fernseher an, wobei es ihm nicht darauf ankam, was sich auf dem Bildschirm abspielte. Ein anderer telefonierte jeden Tag stundenlang und ein dritter hatte täglich von seiner großen Sippe Besuch. Es kann sich jeder ja leicht vorstellen, dass sich die Kinder, Opa und Oma sowie die übrige Verwandtschaft nicht gerade ruhig verhielten. Aber leider muss offenbar auch ein frisch operierter Patient diese Unruhe hinnehmen.

Weil ich davon die Nase voll hatte, bestand ich dieses Mal auf einem Einbettzimmer. Die Oberschwester sicherte mir dieses auch fest zu. Natürlich nahm ich in Kauf, dass das Krankenhaus dafür den höheren Tarif in Rechnung stellte.

Am Tag der Aufnahme bezog ich mein Zimmer, in dem zwar zwei Betten standen, von denen aber nur eines hergerichtet war. Ich war zufrieden, denn ich erwartete nun einige ruhige Tage nach der Operation. Am Nachmittag fanden die üblichen Operationsvorbereitungen statt, denn am nächsten Tag sollte ich operiert werden.

Die Operation verlief jedoch nicht ganz ohne Komplikationen, wie ich erfuhr, als ich wieder im Wachzustand war. Deshalb sollte ich länger als ursprünglich vorgesehen im Krankenhaus behandelt werden. Nach Ansicht des Oberarztes musste ich mindestens drei bis vier Tage länger auf der Wachstation bleiben. Weil ich daran nichts ändern konnte, stellte ich mich darauf ein.

Am ersten und zweiten Tag nach der OP durfte ich noch nicht auf die Beine, bekam aber schon leichte Kost. Außerdem genoss ich die Ruhe in diesem Krankenzimmer. Und als ich so friedlich am Tropf angebunden in meinem Krankenbett lag, kam plötzlich die Oberschwester ins Zimmer gestürmt. Sie verkündete, dass gleich das zweite Bett hergerichtet werden müsse, weil ein »Ski-Unfall« angekündigt sei und keine andere Unterbringungsmöglichkeit bestehe. Ich war entsetzt und verwies auf die mit der Station getroffene Einbettzimmer-Vereinbarung, musste mich aber schließlich mit der unangenehmen Überraschung abfinden.

Wenig später kam der Verletzte, von zwei Schwestern gestützt, ins Zimmer gehumpelt. Es war ein junger Mann von etwa Mitte 30. Ich hatte gleich einen guten Eindruck von ihm. Er war Lehrer von Beruf, verheiratet und Vater von »drei intelligenten und gesunden Jungen«, wie er mehrmals erwähnte.

Der nächste Vormittag verlief noch ganz normal, aber am Nachmittag änderte sich die Situation schlagartig, als plötzlich eine junge, kräftige Frau mit drei Jungs ins Zimmer gepoltert kam. Sie waren bepackt mit mehreren Taschen und einem Rucksack, womit sie den halben Raum belegten. Nach einer lauten Begrüßung des Ehemanns und Vaters packten sie ihre Taschen aus. Von mir nahmen sie überhaupt keine Notiz. Sie hatten, wie ich bemerkte, alles dabei, was man für ein Picknick im Grünen braucht: Picknick-Bestecke, Picknick-Teller, Picknick-Becher und eine große Schüssel mit Papas Lieblingsessen: Nudelsalat und Vanillepudding mit Himbeersoße. Die Frau füllte seinen Teller randvoll, er aß in halb sitzender, halb liegender Stellung im Bett. Die drei intelligenten und gesunden Jungen waren fünf, sechs und acht Jahre alt. Sie aßen nicht alles auf, was sie auf ihren Tellern hatten. Die Reste sollte der Papa haben. Die Mama ging wohl davon aus, dass wir im Krankenhaus unterversorgt seien. Sie hatten natürlich auch Getränke dabei: Cola und Limonade. Beim Einschenken kippte der Kleinste einen Becher um, was aber nicht weiter zur Kenntnis genommen wurde. Das würden ja wohl die Schwestern nachher aufwischen.

Die junge Frau hatte die Teller und Bestecke noch nicht richtig verstaut, während die drei Jungs bereits alle möglichen Spielsachen aus den Taschen kramten. Sie hatten auch einen großen Beutel mit LEGO-Bausteinen dabei, mit denen sie sich zuerst befassten. Allerdings wurden sie sich nicht gleich einig, wer sie haben sollte. Aufregend ging es dann auch bei einem darauf folgenden Kartenspiel zu. Die Eltern ließen sie bei ihrem lauten Gerangel und Gezänk gewähren. Die drei verhielten sich offenbar genauso wie zu Hause. Zwischendurch warfen die Schwestern einen Blick in unser Zimmer und baten darum, weniger Lärm zu machen, der offenbar sogar auf dem Flur zu hören sei. Das hatte aber nicht die mindeste Wirkung.

Als die drei Jungen genug hatten, drängten sie ihre Mutter zum Aufbruch. Der älteste von den dreien drehte sich beim Hinausgehen noch mal kurz um und sagte, an seinen Vater gerichtet, in diesem Zimmer könne man vielleicht sogar die Carrerabahn aufbauen.

Das Zimmer sah nachher nicht mehr so aus wie vorher, der Vater lehnte sich erschöpft zurück.

Am nächsten Tag brach die Meute erneut ein. Die nächsten zwei Stunden waren etwa wieder in derselben Weise ausgefüllt wie am Vortag. Allerdings gab es heute keinen Nudelsalat, sondern Kartoffelsalat mit Hacksteaks. An die Carrerabahn hatten sie wohl nicht mehr gedacht.

Nachdem wieder Frieden eingekehrt war, verlangte ich von der Oberschwester, mich sofort in ein Einbettzimmer zu verlegen oder mich mit einem Rot-Kreuz-Wagen zur ambulanten Behandlung nach Hause fahren zu lassen. Schließlich veranlasste der Stationsarzt, dass meiner Forderung nach einem Einbettzimmer entsprochen wurde. Die restlichen Tage konnte ich dann tatsächlich in Ruhe verbringen.

Der Vater der drei intelligenten und gesunden Jungen bedauerte, dass ich ihn verließ, hatte aber auch Verständnis für mein Verhalten.

11. Hosenscheißer

Die letzten Jahre meiner beruflichen Tätigkeit verliefen ganz anders als die vielen Jahre davor. Zwar hatte ich fast immer mit betriebswirtschaftlichen Aufgaben im logistischen Bereich zu tun, aber im Jahr 1982 wurde mir eine neue Funktion übertragen, die in Sachen Entwicklung, Planung, Konstruktion, Fertigung und Kosten viel größere Dimensionen hatte. Gegenstand der umfangreichen und komplexen Arbeiten war der erste deutsche Fernmeldesatellit, der die Bezeichnung »DFS 1 Kopernikus« trug. Die Auftragnehmerseite bestand aus einem Firmenkonsortium, das von dem Branchenführer der deutschen Nachrichtentechnik, der Firma Siemens, geleitet wurde. Durch die notwendige Einbeziehung vieler Subunternehmer ergab sich ein einmalig großer Kreis deutscher und ausländischer Firmen, die an diesem Großprojekt beteiligt waren.

Das Millionenprojekt richtete sich auf einen aktiven TV-Satelliten im geostatischen Erdumlauf und zwei technisch entsprechende Reserveanlagen. Die notwendige Koordination der technischen und betriebswirtschaftlichen Arbeiten konnte nur von einer speziellen Planungsgruppe bewältigt werden. Zum Fachpersonal gehörten zwei Juristen für Vertragsrecht, zwei Entwicklungsingenieure, vier Fachingenieure für Funktionsprüfungen von Bauelementen und drei Spezialingenieure für die Triebwerke. Außerdem waren an dem Projekt zwei Betriebswirte für die Preisprüfung von NU-Bauteilen, ein Fachprüfer für Werkzeugkalkulationen und spezielle

Entwicklungskosten, zwei Angestellte für Publikationen sowie zwei Übersetzerinnen für Spezialtexte beteiligt. Mit dem Projektleiter bestand die Gruppe aus insgesamt 19 Fachkräften. Das technische Neuland erforderte eine ungewöhnlich lange Bearbeitungszeit. Dementsprechend rechnete man mit einer Projektlaufzeit von mindestens sieben Jahren.

Im Juni 1982 waren die zuständigen technischen Fachreferate des FTZ in Darmstadt gemäß den Anordnungen unseres Ministeriums schon längst mit ihren neuen Aufgaben beschäftigt. Zu allen referatsübergreifenden Problemen mussten nun auch Sachbearbeiter aus anderen Standorten hinzugezogen werden. Daher wurde für die ganze Projektgruppe »DFS 1« ein Dienstsitz in Bad Godesberg eingerichtet. Um das häufige Pendeln zwischen Wohnung und Dienstsitz zu vermeiden, konnten sich die einzelnen Mitarbeiter der Projektgruppe in Bad Godesberg ein Zimmer oder eine Wohnung mieten. Zu diesem Zeitpunkt standen wir gemäß der Projektplanung schon sehr unter Zeitdruck.

Ich hatte mir zunächst für kurze Zeit ein Zimmer in einem Hotel in Bad Godesberg gemietet, fand dann aber eine kleine Wohnung in einem Neubau. Dieser befand sich an einem abgelegenen Weg am Stadtrand. Da mir die weitere Umgebung, wie zum Beispiel der Drachenstein und das Siebengebirge, noch nicht bekannt war, zog es mich anfangs dorthin.

Bei meinen kurzen Spaziergängen am Nachmittag in Hausnähe begegnete ich manchmal einer jungen Mutter mit ihrem vierjährigen Jungen. Schließlich grüßte ich die sympathische Frau und sie grüßte freundlich zurück.

Dies wiederholte sich mehrmals, aber einmal verlief die Begegnung anders. Zwar grüßten wir uns wie gewohnt, als wir aneinander vorübergingen, aber als wir wieder etwas Abstand hatten, hörte ich den Jungen mehrmals laut und deutlich rufen: »Alter Opa, alter Opa!«

Daraufhin blieb ich stehen, drehte mich um und rief einige Male: »Hosenscheißer, Hosenscheißer!«

Das empörte den Kleinen offenbar so sehr, dass er sich an seiner Mutter festklammerte und schrie: »Ich bin kein Hosenscheißer, bin kein Hosenscheißer!«

»Hören Sie doch nun auf, er ist beleidigt, es reicht!«, schaltete sich schließlich die Mutter ein.

»Warten Sie bitte, wir werden den Disput gemeinsam ausräumen«, rief ich und ging auf die beiden zu. Sie lachte, blieb stehen und gab mir die Hand. Ich stellte mich vor und begleitete sie noch ein Stückchen, bis wir das Haus erreichten, in dem sie mit ihrem Sohn wohnte. Zu meiner Überraschung bat sie mich daraufhin, sie bald zu besuchen, und ich willigte ein.

Wie vereinbart ging ich am darauffolgenden Donnerstag spätnachmittags los, um Frau Bach und ihren Sohn zu besuchen. Es war kein weiter Weg. Mit einem schönen Blumenstrauß in der Hand klingelte ich an der Haustür, und nur Sekunden später hörte ich von oben ein lautes »Hallo«, was ich in gleicher Weise erwiderte. Sie wohnten im zweiten Obergeschoss. An der Wohnungstüre ergriff der Junge sogleich meine Hand und zog mich in sein Zimmer. Er musste mir als Erstes seine Schuco-Modellautos zeigen. Wichtig war ihm aber vor allem, dass ich das etwas größere Feuerwehrauto mit einer »richtigen Lenkung« bestaunte. Frau Bach machte dann der Vorstellung ein Ende, aber es war ihr noch wichtig, mich auf eine alte, nicht mehr funktionsfähige Dampfmaschine hinzuweisen, zu der mehrere Modelle gehörten, die allerdings nicht gleich auffindbar waren.

Daraufhin zeigte sie mir die große Wohnung, die bis in jeden Winkel blitzsauber war. Wir setzten uns auf den Balkon, wo der Tisch schon gedeckt war. Es war ein unvergleichlich schöner Sommersonnentag. Für den Jungen schien mein Besuch ein besonderes Ereignis zu sein, denn er hatte mir immer etwas zu erzählen. Sein Vorname war Berthold, meist wurde er aber »Berti« genannt. Auch ich sprach ihn mit »Berti« an. Frau Bach war eine gut aussehende und gepflegte Frau Ende 30. Ich war 60, war aber sowohl körperlich als auch geistig noch gut in Form.

Sie wollte natürlich wissen, was einen Oberlausitzer nach Bad Godesberg zieht. Ich sprach dann, auf ihren Wunsch hin, allerdings mehr in Kurzform, über meine Zeit nach dem Kriege, meine Familie, die schlimme Krankheit meiner Frau und meine berufliche Laufbahn. Schließlich erzählte ich auch, was ich in Bad Godesberg zu suchen hatte.

Inzwischen hatte Berti fast unbemerkt die alte Dampfmaschine geholt und auf dem Tisch platziert. Er erklärte mir das Manometer, das Feuerloch und andere Teile. Ich überlegte, ob ich in meiner kleinen Darmstädter Werkstatt die Maschine, das Zubehör und die Transmission reparieren könnte. Kurz entschlossen sagte ich, dass ich die Maschine mitnehmen und die nötigen Ersatzteile in einem Spezialgeschäft kaufen würde, dann könnte ich die Maschine im Urlaub reparieren. »Zu Weihnachten, wenn der Weihnachtsmann fort ist, lassen wir sie laufen«, fügte ich hinzu.

»Na, glaubst du denn noch an den Weihnachtsmann?«, fragte Berti.

»Ich habe Zweifel«, antwortete ich.

»Was meinst du damit?«, fragte er daraufhin.

»Weihnachten ist mit dem Weihnachtsmann schöner, und deshalb soll es so bleiben, wie es ist«, war meine Antwort. Dann drückte und küsste er mich.

Frau Bach staunte, wie gut ich mich mit dem Jungen verstand, aber er war auch gar kein schwieriges Kind. Sie bat mich, noch zum Abendbrot zu bleiben. Sie habe wenig Gesellschaft und sei in dieser Beziehung, aber auch sonst, sehr wählerisch. Nach der Scheidung von ihrem Mann habe sie auch keine Verbindung mehr zu seiner Familie.

Es war schon neun Uhr, als ich mich verabschieden wollte. Berti hatte sich fest an Mamas Rock geklammert, weinte und schluchzte, dass ich dableiben solle. Frau Bach versuchte, ihn zu besänftigen, es brauchte aber einige Zeit, bis er ruhig war.

»Herr Pietsch wird unser Freund und kommt dann oft zu uns«, war ihr letztes Wort.

»Nein!«, schrie Berti und verschwand wie der Blitz. Als er zurückkam, hatte er in den Armen sein Lieblingsauto, das Feuerwehrauto mit der richtigen Lenkung, auf das er so stolz war.

»Da, ich schenke es dir!«, sagte er.

Ich nahm es und bedankte mich. Berti blickte indes zu seiner Mama, die ihm zunickte.

Auf dem Nachhauseweg überlegte ich mir, was wohl aus dieser Beziehung werden würde. Bis zum nächsten

Besuch ließ ich mir nach reiflicher Überlegung zwei Wochen Zeit. Währenddessen telefonierte ich fast jeden Tag mit Frau Bach. Dabei erfuhr ich, dass sie gern Sport treibe, gern tanze, aber keinen festen Tanzpartner habe. Außerdem erklärte sie, dass sie den Führerschein besitze, aber kein Auto habe. Ich war mehr Zuhörer als Gesprächspartner.

Natürlich freute ich mich auf den nächsten Besuch, schon wegen Berti. Als ich bei ihnen eintraf, wollte er gleich wissen, ob ich schon an der Dampfmaschine gearbeitet hätte.

»Ja, ich habe das beschädigte Schwungrad schon ausgebaut und ein neues eingesetzt«, erklärte ich. »Der alte Schornstein hat auch ausgedient«, fügte ich hinzu.

»Wo sind denn die Modelle?«, fragte ich dann. Das wusste er nicht, aber Mama vermutete, dass sie in einem Karton auf dem Dachboden seien. Wir wollten der Sache später nachgehen. Dann gingen wir spazieren, allerdings nicht die bekannte Strecke, auf der wir uns kennengelernt hatten, sondern ein Stück in Richtung Bonn. Berti ging immer zwischen uns, Mama und mich angefasst. Man hätte uns für eine kleine Familie halten können.

Bei meinem nächsten Besuch fuhr ich mit dem Auto zu ihnen. An diesem Tag hatte Berti gleich nach dem Mittagessen erklärt, dass er sich an ein Fenster setzen werde, um zu sehen, wann Herr Pietsch kommt. Als die Türglocke klingelte, war er überrascht, dass ich schon da war, da er mich vom Fenster aus nicht gesehen hatte. In kurzen Worten erklärte ich, dass ich mit dem Auto gekommen sei, mit dem wir jetzt auch gleich wegfahren würden. Es stand nur wenige Schritte neben der Haustür.

»Wo soll es denn hingehen?«, fragte Frau Bach.

»Es geht zuerst zum Einkaufen in das Marktzentrum und dann machen wir einen kleinen Ausflug. Am frühen Abend sind wir wieder zurück«, antwortete ich. Da sie einen Führerschein hatte, bot ich ihr an, zu fahren, aber das lehnte sie ab.

Der Nachmittag verging auf ganz vergnügliche Weise, und zum Abendbrot fuhren wir in meine kleine Mietwohnung, wo zur Überraschung von Berti und Frau Bach der Abendbrottisch schon gedeckt war. Zum Schluss tranken wir ein Glas Rotwein. Frau Bach schlug dann vor, dass wir uns nicht mehr mit »Sie«, sondern mit »Du« ansprechen sollten. Sie heiße Elfriede und ihr Kurzname sei »Elfi«. Ich sagte dann, dass mir »Piet« recht sei. Das war für mich nicht neu.

Berti interessierte sich in meiner Wohnung am meisten für das unter der Decke schwebende Luftschiffmodell des LZ 129 Hindenburg, das ich vor vielen Jahren gebaut hatte. Ich wollte es ihm aber nicht schenken. Stattdessen bot ich ihm einen kleinen Segler mit einem Propeller-Gummiaufzug an, der ihm aber nicht gefiel.

Unsere Projektgruppe stand von Mitte Dezember 1982 an unter Zeitdruck, weshalb das Ministerium direkte Abordnungen für die meisten Kollegen verfügte. Die in dieser Zeit mit dem Auftragnehmer geführten Konferenzen sollten in großem Rahmen in Noordwijk in Holland stattfinden. Unser Projektleiter bekam zu Beginn der zweiten Prüfungsphase die Anweisung, den Prüfungsfortgang von Zeit zu Zeit zu konzentrieren. Zu diesem Zweck sollte die Projektgruppe zwei Mal vier Wochen in Noordwijk in den Niederlanden arbeiten. Die organisatorischen Vorkehrungen, wie zum Beispiel die Unterkunftsbeschaffung, waren bereits getroffen. So reiste ich mit meiner Projektgruppe nach Noordwijk.

Die Preisgespräche waren allein meine Sache. Sie waren schwierig, weil dieser Großauftrag nicht wettbewerblich vergeben werden konnte, aber dennoch das deutsche Preisrecht verbindlich war. Mit der Verhandlungssprache Englisch hatte ich manchmal noch Schwierigkeiten, weshalb ich dankbar war, wenn ich kleine Verständigungshilfen bekam. Während der großen Besprechungen, an der auch die wichtigsten Nachunternehmer teilnahmen, vergingen zwei Wochen. Dabei ging es nicht ohne eine Dolmetscherin.

An den Noordwijk-Abenden saß ich oft mit Kameraden der Projektgruppe zusammen oder ich befasste mich noch mit der englischen Sprache. Lag ich dann im Bett, waren meine Gedanken nur noch bei Elfi und Berti. Ich hatte mich in ein Dilemma verstrickt, in dem mich der Zauber der Liebe beherrschte, aus dem ich mich andererseits aber befreien wollte. Indes warteten Elfi und Berti täglich mit Ungeduld auf meine Rückkehr oder wenigstens auf Post oder einen Anruf von mir. In dieser Zeit gab es nur in dringenden Fällen Urlaub.

Als wir wieder an unserem Arbeitsplatz in Godesberg waren, musste zuerst das technische Gesamtkonzept auf Fehler und Vollständigkeit hin überprüft werden. Die ersten 14 Tage nach unserer Rückkehr musste mitunter noch nach Feierabend gearbeitet werden. Dennoch gelang es mir einmal, nach Frankfurt zu fahren, um mich in einem Spielwarengeschäft für mechanisches Spielzeug umzusehen. Sie können sich gewiss denken, was ich damit meine. Was der Einkauf dort kostete, habe ich natürlich verschwiegen.

Natürlich besuchte ich Elfi und Berti weiterhin. Wenn ich bei ihnen war, blieb ich fast immer bis zum frühen Abend dort. Elfi zeigte mir Fotos von früher und gab Erklärungen dazu. Sie stammte aus dem Sudetenland und sprach daher ein wenig Tschechisch, ihr Mann kam aus Ostpreußen und war Ingenieur. Er versprach viel, hielt aber nichts. Selbst seine Liebesbeteuerungen waren nicht echt. An ein Zusammenleben auf Dauer war nicht zu denken. Mutter und Sohn lebten damals von Elfis sicherem Einkommen als Büroangestellte. Große Sprünge konnten sie damit nicht machen.

Woran ich immer mehr Gefallen fand, war die Beschäftigung mit dem intelligenten Berti. Blieb ich lange bei ihnen, war die meiste Zeit mit Spielen wie Mühle und Dame ausgefüllt. Einmal wollten wir es mit Rommé versuchen, doch leider fanden wir das gesuchte Kartenspiel nicht gleich. Aber ich entdeckte stattdessen in Bertis Kleiderschrankschublade zwei Flöten, eine kleine und eine mittelgroße, auf denen wohl schon lange nicht mehr gespielt worden war. Man hatte sie einfach vergessen. Es war eine Sopran- und eine Altflöte. Elfi war erstaunt, als ich ihr den Fund zeigte. In dem Durcheinander der Schublade fand ich aber auch »Das kleine Flöten-ABC für Sopranflöten«. Nach einem kurzen Test stellte ich fest, dass beide Flöten noch tauglich waren. Am Abend nahm ich mir die beiden Flöten noch mal vor. Ich brachte es sogar fertig die zwei kleinen Volkslieder »Fuchs, du hast die Gans gestohlen« und »Wenn ich ein Vöglein wär« nach mehrmaligem Üben zu spielen. Elfi kostete es keine Mühe, mich singend zu begleiten. Schließlich kam noch »Der Kuckuck und der Esel« dazu. Wir hätten wohl Berti keine größere Freude bereiten können. Auch Elfi war von diesen schönen Abenden besonders angetan.

Als es einmal abends sehr spät wurde, bat sie mich, zu bleiben. »Ich richte das Sofa in Bertis Zimmer her«, erklärte sie. Für Berti, der schon im Bett lag, aber noch nicht schlief, war das eine wahre Freude.

»Du könntest mir noch ganz leise etwas erzählen«, sagte er.

»Das geht nicht, weil das die Mama merken wird und mich dann fortschickt«, entgegnete ich.

»Das tut sie nicht, denn sie möchte dich für immer behalten.«

Elfi kam, sagte uns Gute Nacht, löschte das Licht und verschwand ganz leise. Nun war es ganz still in der Wohnung. Nach kurzer Zeit schlich sich Berti unter meine Bettdecke, fasste nach mir und bald danach schlief er ein. Ich auch.

Am Morgen danach war ich noch nicht richtig munter, nahm mir aber vor, bald »reinen Tisch« zu machen. Das schien aber gar nicht so einfach zu sein.

Am Spätnachmittag schaute ich mich nach Dienstschluss vor dem Konferenzsaal der Bad Godesberger Stadthalle um und erblickte nicht weit entfernt Elfi und Berti. Sie winkten mir zu und waren sicher gekommen, um mich abzuholen. Die beiden fragten mich gleich, ob wir einen Ausflug zur Bastei machen könnten, denn dort seien wir noch nie gewesen. Das Wetter sei so schön, dass man nicht zu Hause bleiben sollte. Der Vorschlag war gut, im Burg-Café gab es ja sicher auch ein gutes Eis.

Nach zwei Stunden waren wir wieder bei ihnen zu Hause, weil Berti es so wollte.

Dort sagte er zu mir: »Ich bin im Rommé-Spiel noch nicht sicher und möchte, dass du mir hilfst.«

Ich entgegnete: »Du wirst doch jetzt erst fünf und hast noch viel Zeit, das Kartenspiel zu lernen, und außerdem kennt sich die Mama auch aus.«

Dass ich über Nacht bei ihnen blieb, war bald nichts Außergewöhnliches mehr, und dass das jedes Mal von beiden mit Küssen begleitet wurde, ebenfalls.

Einige Zeit nachdem ich aus Noordwijk zurückgekehrt war, schauten wir uns das alte Spielzeug, das in einem Karton auf dem Dachboden verstaut war, genauer an. Dabei fanden wir sechs Modelle, die zur Dampfmaschine gehörten, obwohl nur eine Transmission für vier Modelle vorhanden war. Es gab einen Schmied mit Amboss, einen Schlosser mit Bohrgerät, einen Tischler mit Hobel, einen Schindelmacher mit Schindelmesser und einen Steinmetz mit Hammer und Meißel. Das schönste von allen Modellen war aber das bunte Karussell. Es drehte sich nicht nur, sondern machte auch Musik. Nachdem ich die vielen Scharten beseitigt hatte, stellte ich alle Modelle provisorisch auf dem alten Küchentisch im Keller auf. Nach zwei gut verlaufenen Betriebsversuchen entschieden wir uns, im September richtigen Betrieb mit allen Modellen zu machen und einen zusätzlichen mit dem Karussell. Berti hatte am

28. September seinen fünften Geburtstag und ich am 26. September den 61.

Bis dahin musste ich die 80 Zentimeter lange Sperrholzplatte und das Montagematerial besorgen. Als ich die Platte zu ihnen brachte, schlug Elfi vor, sie zunächst in Bertis Zimmer hinter dem großen Schrank zu verstauen. Bei meinem nächsten Besuch sah ich dann allerdings, dass Berti die Platte hervorgeholt und die Modelle bereits probeweise lose daraufgesetzt hatte. Meinen Ärger darüber ließ ich mir aber nicht anmerken.

Für die Montage der Maschine und der Modelle hatte ich mich mit Berti abgestimmt. Wichtig war dabei, dass das Karussell einen besonders auffälligen Platz in der Nähe der Dampfmaschine bekam.

Der 28. September war gekommen, und nun sollte die fertige Anlage von seinem Zimmer in das Wohnzimmer geschafft werden, was keine Anstrengung für uns war. Dort bekam sie ihren Platz auf zwei stabilen Malerböcken. Während der Vorbereitungen verschob Berti aus Versehen eines der fünf Karussellpferdchen, er verstand aber nicht, es wieder ordentlich zu befestigen.

Sein Geburtstag sollte für uns ein besonders schöner Tag werden. Elfi hatte zwei Kuchen gebacken sowie Kakao und Kaffee gekocht. Aber Berti war sehr aufgeregt und konnte nicht warten, bis wir mit der Morgentoilette fertig waren. Er wollte den losen Treibriemen der großen Transmission aufspannen und riss dabei den Schmied und den Schindelmacher um. Daraufhin fing er an zu heulen und schlug wütend das schöne Karussell entzwei. Dann rannte er in sein Zimmer und schloss sich ein. Elfi und ich guckten uns entsetzt an.

Ich fand keine Worte, stand auf, nahm Jacke und Mantel von der Garderobe, verabschiedete mich kurz von Elfi und verschwand. Ich wollte sie beide nicht mehr wiedersehen.

Bald darauf fand auch mein Aufenthalt in Bad Godesberg ein Ende. Der Dienstsitz wurde aufgelöst und die Prüfung der umfangreichen Angebotsunterlagen für den DFS 1 wurde in Darmstadt fortgesetzt. Der Auftrag konnte in Bälde erteilt werden. Ich hatte keinerlei Beziehung mehr zu den Bad Godesberger Ereignissen.

An meinem nächsten, dem 62. Geburtstag waren meine Söhne Ulrich und Christian am späten Nachmittag zum Kaffee bei mir. Wir saßen gerade auf dem Balkon, da klingelte es, und ich bat Ulrich, zur Tür zu gehen. Zu meiner großen Überraschung standen plötzlich Elfi und Berti mit einem großen Blumenstrauß vor mir. Berti fiel mir um den Hals, und dann küsste mich Elfi, die meinte, dass sie noch etwas gutzumachen habe. Ich ging darauf aber nicht weiter ein. Wir sprachen nicht viel und nach einer Stunde brachen sie wieder auf. Berti zupfte mich heulend am Ärmel, um anzudeuten, dass ich mitkommen solle.

»Du hast doch versprochen, mir das Flötenspiel zu lernen, Mama kann das nicht und allein kann ich es auch nicht! Und dann hast du uns noch versprochen, mit uns auf eine schöne englische Insel zu fahren«, sagte er.

Ich entgegnete: »Das kann ich leider nicht ändern. Du hast dich schlecht betragen, deshalb ist es mit unserer Freundschaft vorbei.«

Dann gingen beide ohne Gruß hinaus. Wir sahen uns nie wieder und hörten auch nichts mehr voneinander.

Als ich 1984 mit 63 Jahren in den Ruhestand ging, war der Auftragsumfang genau abgestimmt und die Auftragsvergabe an das Firmenkonsortium gesichert, jedoch dauerte es bis zur Fertigstellung und zum Start des Satelliten in Kourou in Französisch-Guayana noch einige Jahre.